KB209578

회생무사 7

초판 1쇄 발행 2024년 10월 28일

지은이 ┃ 성상헌
발행인 ┃ 최원영
편집장 ┃ 이호준
편집디자인 ┃ 박민솔
영업 ┃ 김민원 조은걸

펴낸곳 ┃ ㈜ 디앤씨미디어
등록 ┃ 2002년 4월 25일 제20-260호
주소 ┃ 서울시 구로구 디지털로32길 30 코오롱디지털타워빌란트 1301-1308호
전화 ┃ 02-333-2513(대표)
팩시밀리 ┃ 02-333-2514
E-mail ┃ papy_dnc@dncmedia.co.kr
블로그 ┃ blog.naver.com/gnpdl7

ISBN 979-11-364-5649-6 04810
ISBN 979-11-364-5380-8 (SET)

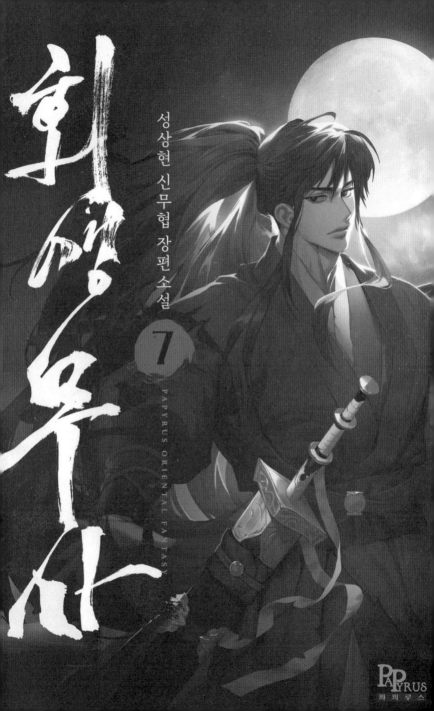

회생무사

성상현 신무협 장편소설

7

PAPYRUS ORIENTAL FANTASY

PAPYRUS
파피루스

回生武士

1장

1장

　장호겸은 경계심이 담긴 눈빛으로 장평을 바라 보았다.

　"네 아버지를 보러 온 건가? 금의환향하여 거들먹거리러? 아니면…… 뭔가 계획이 있나?"

　"나는 늘 계획이 있소."

　장평은 차분히 말했다.

　"하지만 당신이나 이곳에는 아무 용무가 없소. 지나던 도중에 잠시 들른 것뿐이오."

　"천하의 파사현성이 품은 계획이라."

　장호겸은 눈을 가늘게 떴다.

　"그거 매우 관심이 가는데."

　"방주나 장안무림에 관련된 일은 없으니 안심해도 좋소."

"알려 줄 생각이 없다는 거로군?"

"알려 줄 필요가 없을 뿐이오."

두 사람은 서로를 바라보았다.

수많은 생각이 교차하는 무거운 침묵과 함께.

그러나 침묵은 잠시.

"그래. 좋다. 천하를 쥐락펴락하는 파사현성이 신경 쓰지 말라니, 일개 시골 촌놈은 신경을 꺼야겠지."

"현명한 판단이오."

"현명함이라. 널 보면 그렇지도 않은 것 같던데."

장호겸은 킬킬거렸다.

"네가 인재라고 생각하긴 했지만, 그 짧은 시간에 이만한 거물로 성장할 줄은 몰랐다."

"당신의 안목은 정확했소. 적으로 돌리지 않아야 할 사람을 적으로 돌리지 않았으니까."

장평은 냉소했다.

"그리고 나도 이렇게까지 유명해질 생각은 아니었고."

"그래. 그랬을테지."

장호겸은 장평의 말이 진심임을 알고 있었다.

"이름을 숨기는 것도, 드러내는 것도 대개는 본인의 뜻대로 되지는 않는 법이니까……."

장평은 양지보다 음지가 어울리는 사람이라는 것을 잘 알고 있었으니까.

장평은 장호겸을 바라보았다.

"아버지를 만나기 전에 미리 물어 두겠소. 내가 알아 두어야 할 일이 있소?"

"아버지에 관해서? 아니면 장안에 관해서?"

"둘 다."

"네 아버지는 조용히 잘 지내고 있다. 다만 장안에는 신경 쓰이는 일이 있다."

"다만?"

"요즘 소문이 도는 것 같더군."

"무슨 소문이?"

"특정한 소문이 문제가 아니라, 소문의 양 자체가 많아 졌다. 강호에 관련된 풍문들이."

"……흠."

장호겸은 교활함과 판단력에 있어서는 무시할 수 없는 인물이었다.

그런 그가 굳이 입에 담을 정도의 일이라면, 장평도 신경 써야 할 일이리라.

"기억해 두겠소."

"그래."

장호겸은 의미심장한 미소를 지었다.

"그러는 편이 좋을 거다……."

장평은 장호겸을 바라보았다.

'좋은 안목이고, 좋은 관찰력이다.'

장평 본인이 무림에 구르면서 느꼈지만, 교활함은 강함 만큼이나 효율적인 도구였다. 그 둘 모두를 겸비한다면 효과는 더욱 배가된다.

'그런 그가 과연 여기서 만족할까?'

물론 장안의 패자 자리는 나쁜 자리는 아니었다. 장안은 섬서 최대의 도시였고, 부귀영화를 누릴 수 있는 목 좋은 자리였다.

이보다 높은 자리는 한 지역의 패자밖에 없었다.

구파일방이나 십대세가 같은 태산북두들.

절정고수에 불과한 장호겸이나 풍요방 따위가 감히 넘볼 수 없는 위치임은 분명했다.

'하지만 그는 대도시의 주인으로 머무르기엔 너무 유능하다.'

그의 판단력이 여기서 멈추는 것도 이상하지 않듯이, 그의 야심이 이보다 위를 노려도 이상하지 않았다.

'어쩌면 경계해야 할지도 모르겠군.'

장호겸 또한 장평의 경계심을 눈치챘다.

"날 경계하는군."

장평은 굳이 감추지 않았다.

"그렇소."

"왜지?"

"당신은 너무 유능하오. 장안의 패자로 끝나기에는."

"지금보다 높은 곳을 노리기엔 너무 약하기도 하지."

"그렇소. 그래서 당신을 경계해야 할 것 같소."

장호겸은 섭섭하다는 표정을 지었다.

"우리 사이에 이러긴가?"

"우리 사이는 이러는 것이 맞소."

"뭐, 좋아. 나는 딱히 의심받을 짓은 하지 않았으니까."

"그 말이 사실이길 바라오."

장평은 자리에서 일어났다.

장호겸은 느긋한 얼굴로 말했다.

"금의환향하러 가게나. 파사현성."

"부귀영화를 누리시오. 풍요방주."

장평은 걸음을 옮겼다.

그와 동시에, 장평은 냉정한 얼굴 위로 침착하고 온화한 미소를 덧씌웠다.

솔직해도 되는 시간은 이제 끝났다.

'아버지를 뵈러 가자.'

이젠 다시 거짓말을 해야 할 차례였다.

* * *

대운표국은 그 자리에 있었다.

기억하는 그 자리에, 기억하는 그 모습으로 남아 있었다.

'생각해 보면 겨우 일 년 남짓이로군.'

그사이 많은 일들이 있었다. 생사의 위기를 여러 번 겪었다. 그 이전의 일들이 먼 옛날의 일처럼 느껴질 정도로 밀도 있는 시간들이었다.

그렇기에 장평은 그리운 기분으로 건재한 대운표국을 바라보았다.

바라보고 싶었다.

이는 '장평'을 위한 배려이기도 했다.

문지기는 장평을 힐끗 보며 물었다.

"누구시오?"

"이 표국의 장남."

문지기는 당황했다.

"설마, 그 유명한……."

"그냥 이곳의 큰아들일 뿐이다."

장평은 차분히 말했다.

"들어간다."

장평은 문을 열고 안으로 들어갔다.

그곳에는 바쁘게 움직이는 사람들이 있었고, 수레 앞에 서서 감독을 하고 있는 한 사람이 있었다.

장평은 조용히 말했다.

"아버지."

그 순간, 장대명은 벼락을 맞은 것처럼 움찔 놀라며 몸을 돌렸다.

"평아야!"

장대명은 붓과 서류를 내팽개치고 달려와 장평을 부서져라 끌어안았다.

"잘 왔다! 잘 왔어!"

장평의 등을 팡팡 두드렸다.

장평은 그리움과 편안함, 그리고 불편함을 동시에 느꼈다.

주변의 모든 이들이 장평을 보고 있기 때문이었다.

"연통이라도 해 주지 그랬느냐? 아비의 간이 떨어질 뻔했구나!"

"용무가 있어 지나가다 들렀습니다. 기별하지 못해 죄송합니다."

"자, 자. 들어가자."

장대명은 고개를 돌려 말했다.

"위 표두, 뒷일은 부탁하겠네."

위자성. 장호겸이 총표두 겸 첩자로 보낸 인물이었다.

그는 장평에게 의미심장한 미소를 지으며 말했다.

"예, 국주님. 들어가 회포를 푸시지요."

* * *

장평과 장대명, 그리고 유계서까지 모인 조촐한 자리였다.

그들은 가족 같은, 아니, 가족다운 모습으로 장평을 반겨 주었다. 그들의 진심 어린 모습에 장평은 느꼈다.

'불편하군.'

솔직히 말하면, 장대명을 대하는 것은 장호겸을 대하는 것보다 불편했다.

아버지를 사랑하는 것과는 별개로, 그에게는 '좋은 아들'이자 '훌륭한 무림인'의 모습을 꾸며 내야 했기 때문이었다.

하지만 장평은 자신이 어떤 사람인지 장대명에게 보여 주고 싶지 않았다.

거짓과 책략을 생업 삼아 살아간다는 것을.

그가 살아남기 위해 해 온 일들을.

그리고 복수를 위해서라면 무슨 짓이든 벌일 수 있는 괴물이라는 사실도.

그렇기에 장평은 온화한 미소와 예의 바른 말투로 아버지와 유계서를 대했다.

대놓고 말할 수 없는 것들은 적당히 포장해 들려주었다.

그리고 그것만으로도 충분했다. 장대명과 유계서의 눈을 휘둥그레하게 만들기에는.

　"너는 참으로 많은 일들을 겪었구나."

　"본의 아니게 그리되었습니다."

　저녁 무렵이 되자, 유계서는 헛기침을 하며 자리에서 일어났다.

　"이제부터는 부자간에 회포를 푸시지요."

　"고맙네, 계서."

　유계서는 좋은 사람이었다.

　이 험한 세상에서 좋은 사람으로 늙는 것은 쉬운 일이 아님을 알기에, 장평은 유계서에게 진심을 담아 감사했다.

　"감사합니다, 유 총관님. 아버지와 제 곁에 계셔 주셔서요."

　"에이크. 닭살 돋는 소리는 하지 말게나."

　유계서는 껄껄 웃으며 자신의 방으로 향했다.

　장대명은 장평을 바라보았다.

　"잘 지내고 있느냐?"

　"예, 아버지. 주변 사람들의 도움 덕분에……."

　장대명은 아무 말 없이 잔잔한 미소를 지으며 장평을 바라보았다.

　장평은 그 순간 깨달았다.

'거짓말임을 알고 계시는구나.'

장대명은 장평이 거짓말을 하고 있다는 것을 알고 있었다. 하지만 그 거짓말을 믿을 것이었다. 다른 누가 어떻게 말하건, 자신의 아들이 한 말을 믿을 것이다.

그렇지만 단 한 가지 사실만은 진실된 답을 듣기를 원했다.

그가 잘 지내고 있는지를.

정말로 '잘 지내고' 있는지를.

"저는⋯⋯."

장평은 잠시 침묵하다가 말했다.

"⋯⋯어찌어찌 버텨 내고 있습니다."

"그렇구나."

장대명은 장평의 어깨에 손을 얹었다.

"애 많이 썼다."

그거면 충분했다.

입으로는 무슨 말을 나누건, 진심이 통한다면 그리 중요하지 않았다.

'협객이란 참으로 비겁하구나.'

백 가지, 천 가지 거짓말을 꾸며 내도, 따스한 손길 하나만으로 무장해제시키다니.

'아버지는 참으로 예측할 수 없는 분이시구나⋯⋯.'

장평과 장대명은 그 이후로도 많은 이야기를 나누었다.

"제 어머니는 어떤 분이셨습니까?"

"상냥하고 현명한 사람이었다."

"중원인이셨습니까?"

장대명은 아련한 미소를 지었다.

"······해동 사람이었다."

"처음 듣는군요."

"처음 물어보니까."

장평은 쓴웃음을 지었다. 장대명은 그런 사람이었다.

"그런데, 그건 어찌 알게 되었느냐?"

"아버지는 해동의 무공을 익히고, 해동인 의형제와 원수를 가지고 계셨지요. 그리고······."

"그리고?"

"우연히 맛본 해동의 탁주가 유난히 입에 잘 맞더군요. 혹시나 해서 여쭤보았습니다."

"네 어미 입맛을 타고나긴 했구나. 나는 탁주는 끝까지 입에 안 맞던데."

두 부자는 이런저런 얘기를 나누었다.

장평과 장대명의 관계는 예전과는 달랐다.

장평은 많은 것을 알게 되었고, 장대명은 장평을 '어른'으로 대했다.

장평과는 달리 장대명은 거짓말을 하지 않기에, 대화는 좀 더 깊어져 있었다.

"어머니는 어떤 분이셨습니까?"

"내가 상처(喪妻)한 것은 네가 걷기도 전이니, 너는 기억을 못 하겠구나."

"예."

"그녀는 학문을 하는 사람이었다. 책을 읽고 행간을 헤아리는 것을 즐겼지."

"유학은 남존여비가 심하지 않습니까?"

"벼슬에 올라 입신양명하는 것은 막을 수 있어도 공부 자체를 어찌 막겠느냐? 나는 그리 머리가 좋지 않은 사람이니, 네 현명함은 그 사람을 닮은 모양이구나."

"어떻게 돌아가셨습니까?"

"혈운흑룡의 사제에게 내상을 입었다. 나름 노력했지만 백약(百藥)이 무용하더구나."

"흉수는…… 살아 있습니까?"

"이미 죽었다. 네가 태어나기도 전에."

장대명은 차분히 말했다.

"이제 혈운흑룡마저 죽었으니, 네가 물려받아야 하는 혈채(血債)는 없다. 씁쓸한 옛 기억들 속에서 그것만이 유일한 위안이로구나."

"그렇군요."

장평은 장대명에게 물었다.

"한 가지 도저히 이해하지 못할 것이 있습니다."

"무엇 말이냐?"

"아버지는 절정고수이신데, 왜 무공을 감추고 사시는 겁니까?"

그는 이류 무사 정도의 무위만을 보였다. 실제로는 절정고수임에도 불구하고.

물론 절정고수 중에서는 하급이었지만, 그 정도면 일파의 종주를 자처하기에 충분한 무위였다.

장대명의 능력에 비해 표국은 너무 작았다.

제법 탄탄한 표국인 대운표국이라 해도.

"표국이면 충분했다. 성실히 일해서 부족함 없이 살기에는. 큰 자리는 큰 문제를 겪기 마련이니까. 그리고……."

"그리고?"

장대명은 쓴웃음을 지었다.

"흑룡요격권과 도룡심법(屠龍心法)은 흑룡오괴에게만 쓰기로 약조했다. 그 둘을 봉인하면 이류 고수 수준밖에 못 되더구나."

"아버지의 내공심법조차도 해동의 것이었습니까?"

"그래."

장평은 맥이 탁 풀리는 것을 느꼈다.

"……그래서 아예 내공이 없는 것으로 여기고 사셨다고요?"

"그렇다."

장평은 새삼 깨달았다.

'아버지는 역시 협객이시구나.'

협객이란 도저히 이해할 수 없는 작자들이라는 것을.

* * *

장평은 장대명을 바라 보았다.

"그럼 아버지에게 남은 것은 고작해야 삼재검법(三才劍法)밖에 없는데, 갑갑하지 않으셨습니까?"

무림은 강자존. 약자는 갖은 시련과 굴욕을 겪기 마련이었다. 약육강식의 무림에서 내공심법마저도 제약을 걸어서 내공 자체를 봉인하다니.

갖은 기인(奇人)들을 만나 보고 기사(奇事)들을 겪은 장평조차도 아버지만은 이해할 수 없었다.

"세상사는 마음먹기에 달린 것이다. 본래 내 것이 아니었다고 생각하면, 어찌 아쉽고 분함이 남겠느냐?"

"하다못해 삼재검법보다는 좀 더 쓸모 있는 검술을 익히시지 않고요."

장대명은 잠시 장평을 바라보았다.

"……왜 그러십니까?"

잠시 생각하던 그는 뒤늦게 이해했다.

"그렇구나. 너는 아직도 삼재검법을 '제대로' 본 적이 없었구나."

"예?"

"나는 삼재검법 이상의 무공을 필요로 했던 적이 없었
다."

"그야 이류 무사로 지내셨으니까……."

장평이 절정의 근골과 초일류의 내공, 그리고 일류의
기교를 익혔다면, 장대명은 내공을 봉했어도 절정의 근
골을 지니고 있었다. 삼류 검법인 삼재검법만으로도 이
류 무사로 살아가기에는 충분했으리라.

"내가 약한 상대만을 만난 것이 아니다."

장대명은 고개를 저었다.

"정말로 누굴 상대하건 삼재검법으로 충분했기 때문이
다."

"……?"

"지금의 너라면 '제대로' 볼 수 있을 것이다."

자리에서 일어난 장대명은 검을 뽑아 들었다.

"자, 일단 기본형을 보여 주마."

그는 세 초식을 펼쳤다.

베기(斬), 찌르기(貫), 치기(打).

검을 이용한 세 가지의 기법.

이것을 상.중.하의 세 방향으로 펼치는 아홉 가지 초
식.

세 기법을 세 방향으로 펼치는 것.

그것이 삼재검법이었다.

단순하다 못해 조촐한 무공이었다.

'뭘 보여 주려고 하신 거지?'

장평이 미심쩍은 표정을 짓자, 장대명은 웃으며 말했다.

"그럼 이제 심의삼재검(深意三才劍)을 보여 주마."

장대명은 똑같은 초식을 펼쳤다.

그러나 그 순간, 장평은 자신도 모르게 움찔했다.

'뭐지? 내가 대체 뭘 본 거지?'

흐릿한 무언가가 매 초식마다 뒤엉켜 있었다. 경지에 든 무인으로서 얻게 된, 무학에 대한 안목이 그 특별함을 느낄 수 있게 만들어 주었다.

미심쩍던 장평의 눈빛이 진지해지자, 장대명은 아무 말 없이 삼재검법을 펼쳤다.

'보인다.'

한 초식이 펼쳐지는 동시에, 그 주변에 아홉 가지의 흐릿한 검영(劍影)이 따라왔다.

그리고 장평의 눈은 더 이상 장대명이 쥔 검이 아닌, 아홉 갈래의 검영이 피워 낸 여든한 갈래의 검영을 바라보고 있었다. 그리고 또다시 이어지는 무한한 검영들을 보고 있었다.

'난 이것을 본 적이 있다.'

장평은 깨달았다.

'가능성.'

용태계가 그에게 보여 주었던 세계관.

가능성의 세계.

가능성이 만개하고 다른 가능성을 일깨우며, 또 다른 가능성과 뒤섞여 새로운 가능성을 낳는 모습을 본 적이 있었다.

'가능성의 검술이다.'

장평은 깨달았다.

장평의 집중력이 그의 이성을 넘어섰음을 본 순간, 장대명은 다시 한번 검을 펼쳤다.

이번에도 아홉 갈래의 검영이 펼쳐졌다.

그러나 좀 전에 보았던 검영과는 또 달랐다.

빠름(快劍), 무거움(重劍), 강함(强劍), 부드러움(柔劍) 등등.

모든 가능성이 펼쳐지고, 모든 가능성과 이어졌다.

'삼재검법에 대성이란 없다.'

장평은 장대명의 말이 무엇이었는지 깨달았다.

'삼재검법은 시작의 무공이니까.'

삼재검법은 기본 틀. 이를테면 무공의 거푸집과 같은 것이었다.

검술의 가장 기본적인 요소들만을 가르치고, 나머지는

스스로 완성하게 만드는 것.

스스로의 경험, 스스로의 장단점, 스스로의 깨달음, 스스로의 세계관 등을 녹여 내어, 그 자신만의 검술을 창안하게 만드는 것.

그것이 바로 천하 모든 검술의 기초.

삼재검법이었다.

'문파의 무인들은 무공에 몸과 마음을 맞추도록 수련한다.'

그들은 그래서 수행을 하며 단련을 했다.

예를 들어 무당의 경우, 태극의 무공을 펼치기에 적합한 몸과 마음을 갖추도록 무공 수련과 도교 수행을 병행했다.

'세가의 무인들은 물려받은 체질에 무공에 가훈을 맞춘다.'

같은 혈통과 체질을 유전받는 세가의 경우, 반대로 근골에 무공과 깨달음을 맞췄다.

예를 들어 모용세가의 경우, 가늘고 부드러운 체형에 맞는 무공을 익히고, 가훈으로서 깨달음을 맞춘다.

그렇다면 또 다른 길은 없을까?

이미 근골과 깨달음을 갖춘 사람이 자신에게 적합한 무공을 만들 수는 없을까?

그 방향성이 바로 삼재검법이었다.

다시 말해 삼재검법은 스스로의 독문무공을 창안하기 위한 토대였다. 자신이 가진 것들을 쌓을 수 있는 토대.

그 토대 위에 무엇을 만들어 낼지는 본인의 선택이었다.

〈넌 어떤 검술을 원하느냐?〉

골격만 있는 공허한 검. 허술하기 짝이 없는 삼재검법은 그 자체로 화두였고 질문이었다.

〈넌 이 공백에 무엇을 채워 넣고 싶으냐?〉

장대명이 펼친 삼재검법은 질문이었다.

삼재검법이라는 가능성이 장평에게 던지는 질문.

〈넌 어떠한 것들을 가지고 있느냐?〉

장평은 생각했다.

머릿속에 한 자루의 검이 떠올랐다. 그 검은 광대무변(廣大無邊)한 사고의 영역을 무한한 검영으로, 모든 가능성들로 가득 채웠다.

'가득 찼다면 덜어 내야 한다.'

그리고 장평은 덜어 냈다.

무궁하고도 무한한 검들이 하나씩 사라져 갔고, 마지막 순간에는 결국 한 자루의 검만이 남았다.

그리고 장평은 손을 뻗어 그 검을 쥐었다.

턱.

현실의 그는 허공을 움켜쥐고 있었다.

"……!"

저 멀리서 해가 밝아 오고 있었다.

'그렇구나. 이것이 깨달음이구나.'

장대명은 그런 장평의 곁에 서 있었다.

호법을 서고 있던 것이리라.

"깨달음을 얻었느냐?"

장대명의 말에, 장평은 주저 없이 고개를 끄덕였다.

"예."

"내가 시험해 주마."

장대명은 패도적인 강검을 펼쳤다.

쿠르르릉!

절정고수의 검. 감춰 두었던 진신내공을 사용한 파괴적
인 일격이었다.

쉬익!

그러나 격렬한 장대명의 검과는 달리, 장평의 검은 조
용하고 느릿하게 움직였다.

턱.

장대명의 목 줄기에 칼끝이 닿는 순간까지도.

"훌륭하구나."

장대명은 흡족한 표정으로 고개를 끄덕였다.

장대명이 펼친 강맹한 강검과는 달리, 장평의 검은 느
리고 조용했다.

그러나, 장대명의 눈에는 분명히 '보였다'.

그 느릿느릿한 검신 너머에 남겨 둔 여력(餘力)이. 언제든지 가지를 치며 뻗어 나갈 준비가 된 수십 수백 가지의 검영이.

"참으로 변화무쌍하여 헤아리기 힘든 검이로구나."

장대명은 감탄했다.

"결과적으로는 끝까지 변초를 하지 않았다는 점까지 포함해서."

장대명은 엄격한 목소리로 말했다.

"하지만 내가 중간에 손을 멈추지 않았다면, 우리는 함께 공멸했을 것이다."

"아뇨. 아버지가 끝까지 출수하셨어도 저는 아버지의 검을 피할 수 있었을 겁니다."

"어떻게 확신하느냐?"

"말장난처럼 들리겠지만……."

장평은 자신의 뒷목을 톡톡 두드리며 말했다.

"저는, 제가 만나는 그 어떤 상대보다 빠르니까요."

장평은 누구보다 빠르게 판단할 수 있었다.

그리고 동인하초 덕분에 누구보다 빠른 반사 신경을 가지고 있었다.

더 늦게 결정해도 늦지 않게 대응할 수 있다면, 상대보다 먼저 자신의 수를 보여 줄 이유가 없었다.

그야말로 후발제인(後發制人).

상대방의 초식을 '보고 나서' 자신의 초식을 펼칠 수 있는, 장평만이 쓸 수 있는 검술.

"느림 속에 교활함을 숨긴 검이로구나."

"예."

직접 상대하는 사람들은 이 느릿느릿한 검격조차도 빠르게 느끼리라.

여력을 충분히 남겨 둔 이 일검은 언제든지 천변만화할 수 있음을 알기에. 그리고 장평은 자신의 결정을 '본 다음에' 파훼할 수 있음을 알기에.

숨이 턱턱 막히는 압박감을 느끼리라.

그리고 주변에서 구경하는 사람들은 뻔하고 느린 검술에 왜 당하는지 이해하지 못하리라.

자신이 직접 장평 앞에 서서 이 일검을 마주하기 전까지는.

"정확히 제가 바라던 검술입니다."

"그럴 것이다."

장대명은 미소를 지었다.

"널 위해 네가 만들어 낸 검술이니까."

장평은 장대명을 바라보았다.

"아버지도 아버지를 위한 삼재검법을 가지고 계십니까?"

"그래."

장대명은 허공에 한바탕 검무를 추었다.

변초나 허초가 거의 없는, 강맹하고 완강한 검이었다.

내공이 전혀 실려 있지 않은.

'아니. 오히려 무의식적으로라도 내공을 쓰지 않기 위해 저러한 형태로 만드신 거겠지.'

협객인 장대명은 심기체의 삼 요소에서 내공을 일부러 거세했다. 그렇다면 남은 것은 체. 신체 능력만으로 싸울 수 있는 검술을 만들기 위해 일부러 강검을 택한 것이리라.

"삼재검은 거푸집의 이름이다. 네 검은 이제 삼재검의 틀을 벗어났으니, 새로운 이름을 짓는 것이 좋겠구나."

"우문검(愚問劍)이라 하겠습니다."

이름만으로는 뭔가를 유추하기 힘들었다.

"교활한 이름이로구나."

"예."

장대명은 장평을 바라보았다.

"그게 네가 살아가는 방식이고."

무(武)는 많은 것을 말한다. 반대로 말하자면, 무공을 통해 그 사람의 삶을 헤아릴 수 있다는 것이었다.

"아버지, 저는……."

"괜찮다. 너는 이미 성인이니, 네 삶의 방식은 너 스스로 정함이 마땅한 일이다."

장대명은 장평의 어깨에 손을 얹었다.

"그저 이것만은 기억하거라. 언제, 어떤 상황이라도 나는 네 아버지라는 것을. 협의도, 인의도, 도리도. 내게 있어 너보다 중요한 것은 아무것도 없다는 것을."

"……예."

장평은 자신의 목이 메었다는 사실을 뒤늦게 깨달았다. 눈물이 핑 돌고 있다는 사실도.

그리고 장평과 '장평' 모두 바라는 것이 있다는 사실도.

장대명의 아들들은 그의 아버지를 끌어안았다.

"언제 끝날지 모를 길을 걷고 있습니다. 언젠가 끝나기는 할지도 모를 길을 걷고 있습니다. 하지만 분명히 말씀드리겠습니다. 언젠가 끝이 난다면…… 표국을 물려받겠습니다."

"내가 바라는 것은 그것뿐이다."

장대명은 부드럽게 말했다.

"무사히 돌아와 부자가 함께 일하는 것."

"그러니 약조해 주십시오."

장평과 '장평'은 말했다.

"제가 돌아올 때까지 무탈하시겠다고요."

"오냐. 약조하마. 나는 여기에 있으마."

장대명은 미소를 지었다.

"언제까지나 너를 기다리고 있겠다."

* * *

다음 날 점심 무렵.

"제가 길게 머물면 표국에 폐만 되겠군요."

장평은 장대명에게 말했다.

"점심 식사만 하고 다시 떠나겠습니다."

"왜 그리 급하게 가려고 하느냐?"

장평은 본래 사흘 정도는 쉬어 가려고 했었다. 부자간의 정도 나누고, 혹시 이 근방에서 첩자나 모략의 흔적이 보이면 미리 치워 두기 위함이었다.

장대명은 협객이었고, 협객만큼 모략에 어두운 사람은 없었다.

물론 그는 보호를 받고 있었지만, 문제는 그 보호자가 딱히 믿을 만한 인물이 아니라는 점이었다.

'방심할 수 없는 아군. 효웅 장호겸.'

오직 이해득실로만 움직이는, 언제든지 위험인물이 될 준비가 되어 있는 자. 장호겸.

장평은 그의 손을 빌릴 일을 최대한 줄이고 싶었다.

하지만······.

지금은 그럴 만한 상황이 아니었다. 대명표국의 얇은

대문짝 너머는 그야말로 야단법석이었으니까.

"여기 대운표국에 그 유명한 파사현성 장평 대협이 오셨다는 얘기를 듣고 왔소이다! 이 사람의 인사라도 받아 주십시오!"

"황실에 인맥이 있으신 장 대협께 청탁드릴 일이 있습니다! 나쁘지 않은 거래임을 확신합니다!"

대운표국의 문 앞은 그야말로 시장통이었고, 짐수레용 출구조차도 마찬가지였다.

"……제가 있으면 표국이 제대로 돌아가지 않을 것 같군요."

장대명도 아니라는 말은 못하고 쓴웃음만 지었다.

"점심이라도 느긋하게 하자꾸나."

"예."

장평과 장대명, 그리고 유계서는 조촐하지만 정갈한 집밥을 차려 놓고 서로 이런저런 이야기를 나누었다.

경계도, 의심도 필요 없는 편안한 시간들.

장평에게는 더없이 편안한 시간이었다.

어젯밤이 장평이 얘기하는 자리였다면, 오늘은 장대명과 유계서가 얘기할 차례였다.

"표국에는 별일 없습니까?"

유계서가 답했다.

"퇴직하는 표사들이 많다네."

"뭐, 표사 일이 생각만큼 짭짤하진 않으니까요."

표사는 무공이나 현명함을 필요로 하는 직업은 아니었다.

표사로서 중요한 것은 단 하나, 주제 파악뿐이었다. 발을 땅에 붙이고 성실하게 살아갈 결심만 한다면, 표사 노릇은 어렵지 않았다.

문제는 한 번이라도 무림에 속해 본 사람들 중에서 주제 파악을 하는 자는 귀하다는 점이었다.

하늘을 날아다니고 한 자루 검으로 천하를 호령하는 이들을 본 사람들이 초라한 자기 자신을 받아들이는 것은 쉬운 일이 아니었다.

특히 표사로서의 첫 급료. 앞으로 자신이 벌 수 있는 한계가 어디인지 확인한 직후에는 더욱 그러했다.

"풍요방에서 보낸 표사들이 문제입니까?"

"아니. 그들은 무난하게 잘하고 있네."

풍요방에서 보냈다고는 해도, 장호겸이 아닌 화산파에서 골라 뽑은 자들이었다. 그들이 문제를 일으킬 리는 없었다.

"하지만 그 이후에 새로 뽑은 표사들은 대부분 그만뒀다네."

"한 달을 채우고 그만두는 사람들이요?"

"아니. 몇 달 일한 자들 중에서도."

"그건…… 확실히 신경 쓸 만한 일이로군요."

유계서는 쓴웃음을 지었다.

"뭐, 그래도 큰 문제는 아니네. 어차피 풍요방에서 보낸 이들이 든든하게 자리를 지켜 주고 있으니까."

"아뇨. 표국이 아닌, 제가 신경 쓸 일인 것 같습니다."

"……?"

의아한 표정을 짓는 유계서를 보며, 장평은 웃으며 말했다.

"자, 다른 얘기를 하시지요."

"뭐, 그러세나."

유계서와 장대명은 서로 잡담을 나누었다. 알고 지내던 지인 누군가가 경사를 치른 얘기, 혹은 상을 치른 얘기 등등.

가족끼리 나눌 만한 소소한 얘기들이었다.

"네가 부탁한 그 아이 있잖느냐."

"화란 말입니까?"

"본명이 소연정이라 하더구나."

소연정. 장평은 씁쓸한 표정을 지었다.

생전에는 알지 못했던 이름을 죽은 뒤에야 알게 되었다는 기묘함에.

"가묘(假墓)는 공동묘지에 만들었고, 화장한 재는 언니가 가지고 가서 고향의 강물에 뿌렸다는구나."

"위패는요?"

"위패도 언니가 가지고 갔다. 기일에는 표국에 들러서 함께 추모하러 가기로 했다."

"감사합니다, 아버지."

"이게 어디 감사할 일이겠느냐. 이 또한 가족으로서 해야 할 일이거늘."

"가족이요?"

장대명은 담담히 말했다.

"네가 이미 그 아이와 몸을 섞었고 이제는 마음까지 나누었는데, 어찌 남이라 하겠느냐? 또한 네게 남이 아닌 사람이 어찌 내게는 남이겠느냐?"

"그렇군요."

장대명은 어떠한 편견도 없이 화란, 아니, 소연정을 대하고 있었다. 장평은 그 사실에 감사했다. 이토록 좋은 아버지 밑에서 태어나, 그렇게 좋은 여자와 함께했다는 것을.

"앞으로도 잘 부탁드립니다."

"그래."

그리고 그들 모두 깨달았다.

"슬슬 일어날까?"

"……예."

장평은 이제 떠날 때가 되었다는 것을.

"지금 출발할 것이냐?"

"아뇨. 잠깐 확인할 일이 좀 있습니다."

"그러거라."

"제 방으로 위자성을 불러 주십시오."

"위 총표두를?"

"예."

"지금 이 자리로 부르지 않고?"

장평은 담담히 말했다.

"두 분은 듣지 않으셔야 할 이야기를 나누게 될 것 같습니다."

장대명과 유계서 모두 산전수전 다 겪은 사람들이었다. 장평이 머무는 곳이 자신들과 다른 곳임을 납득할 만큼은.

그들은 고개를 끄덕였다.

"차라도 챙겨 가거라."

"예."

장평은 찻주전자를 들고 자신의 방으로 향했다.

잠시 뒤, 위자성이 장평의 방에 들어왔다.

"장평 도련님께 인사 올립니다."

"과장이라고 불러라."

장평은 찻잔을 밀며 차분히 말했다.

"집안일이 아닌, 무림인의 일을 하려고 하는 것이니."

위자성은 긴장했다.

"……무슨 일 있으십니까?"

"확인해 두고 싶은 것이 있다. 혹시 대운표국에 첩자가 들어왔나?"

"제가 알기로는 없습니다. 최소한 국주님께 위험을 끼칠 만한 인물은요."

"표국에서 자체적으로 뽑은 표사들이 자주 그만둔다고 들었는데, 네가 털어 낸 것이 아닌가?"

위자성은 흠칫 놀랐다.

"제가 일부러 그들을 그만두게 만들었다고 생각하시는 겁니까?"

"네가 아니라 풍요방주가."

장평은 담담한 목소리로 말했다.

"아버지 곁에 자신의 사람만 놔두려는 수작일 수도 있으니까."

대운표국에 자기 사람들만 심어 놓는다면, 장대명과 유계서를 사람으로 된 감옥에 가둔 것이나 마찬가지였다.

그러나 위자성은 고개를 내저었다.

"전혀 아닙니다. 저는 풍요방이 아니라 화산파의 사람이고, 풍요방과 화산파 모두 국주님과 총관님을 잘 보필하라고 엄명을 내렸습니다. 국주님의 성품을 이용하려는 모리배들을 제 손으로 걸어 낸 게 한두 번이 아닙니다."

"그렇다면 표사들은 왜 그만둔 거지?"

"그건 그냥 자의로 그만둔 겁니다."

"왜지?"

"요즘 저잣거리에 기연에 대한 소문이 많이 돌고 있습니다. 이미 마음이 꺾였던 자들도 다시 개꿈을 꿔 볼 정도로요."

장평은 생각에 잠겼다.

"상단들도 마찬가지인가?"

"예. 젊은 애들은 어디나 비슷합니다."

"장안'만' 그런 것인가, 아니면……."

"제가 알기로는 주변에서도 비슷한 모양입니다."

장평은 확신했다.

확인해 볼 문제라는 것을.

"지금 장안의 정보망은 누가 가지고 있지?"

"하오문이 틀어쥔 모양입니다."

장평은 눈을 가늘게 떴다.

그가 떠날 때까지만 해도, 장안은 무림맹 첩보부가 관장했었다.

"무림맹이 하오문에게 밀려났나?"

"그건 아니고, 타협한 것으로 알고 있습니다. 제 위치에서는 자세한 것까지는 알 수 없으니, 하오문에 가셔서 직접 확인하시는 편이 나을 것 같습니다."

"알았다. 그럼 어디로 가면 되지?"

"화왕루입니다."

장평은 순간 동요했지만, 이내 침착한 표정으로 돌아왔다. 그는 대문 밖을 힐끗 눈짓하며 말했다.

"저 인파를 시장통에서, 그것도 기루 앞에서 겪고 싶지는 않군. 하오문의 지부장을 조용한 곳으로 불러낼 수 있나?"

"그러시다면……."

잠시 생각하던 위자성은 말했다.

"공동묘지 남서쪽에 화란, 아니, 소연정의 가묘가 있습니다. 그곳에 가 계시면 하오문의 지부장을 보내겠습니다."

"그래."

장평은 자리에서 일어났다.

"소연정의 묘 앞에서 기다리겠다."

* * *

공동묘지에는 수많은 묘비들이 세워져 있었다.

어떤 묘는 잘 관리되고 꽃이나 향불이 피워져 있었고, 어떤 묘는 지저분하고 풀이 무성했다.

소연정의 묘는 잘 관리된 쪽이었다.

'화란. 아니, 소연정.'

장평은 씁쓸한 감정을 느꼈다.

그는 많은 것을 알았다. 장평으로서도, '장평'으로서도.

하지만 소연정의 진솔한 모습은 끝내 알지 못했고, 그녀가 마음속에 장평을 품는 것이 어떤 결과를 불러올지는 짐작하지 못했다.

'너는 내게 가르쳐 주었지.'

소연정의 죽음은 장평에게 많은 것을 깨닫게 만들어 주었다.

장평이 세상을 바꾼다면, 세상도 장평을 바꾸려 들 것임을.

'나 또한 실패할 수 있음을.'

세상의 모든 일이 '장평'의 기억대로, 혹은 장평이 세운 계획대로 돌아가지 않는다는 것을 깨닫게 해 주었다.

'분명 언젠가는 얻어야 했던 교훈이었다.'

회귀로 인해 자신만만해진 장평이 한 번은 겪어야 했을 실수였고 실패였다.

그저 그 대가를 치른 것이 장평 본인이 아니라 소연정이었을 뿐.

'그러니 나는 네게 사죄할 수밖에 없구나.'

장평은 시장에서 사 온 모란꽃을 묘비 앞에 내려놓았다.

장평은 조용히 말했다.

"낯익은 얼굴이구려."

"예."

어느새 장평 옆에 선 것은 마찬가지로 모란꽃을 들고 있는 여자였다.

화란의 화장터를 홀로 지키고 있던 기녀.

"소연화라고 해요."

"본명을 말해도 되는 거요?"

"천하의 파사현성을 무슨 수로 속이겠어요?"

소연화는 모란꽃을 내려놓으며 말했다.

"원래부터 하오문의 사람이었소?"

"아뇨. 요 근래에 가맹했어요."

소연화는 자조하며 말했다.

"애들이 풍요방의 보호를 받는 것만으로는 안심이 안 된다고 하더라고요."

"그럴 법하구려."

"하대하세요, 장평 대협. 저는 지금 소연정의 언니로 온 것이 아니라, 하오문의 장안 지부장으로서 무림맹의 실력자인 파사현성에게 불려 온 것이니까요."

소연화는 장평을 바라보았다.

"장평 대협이 여기에 화란의 정인으로서 온 것이 아니듯이요."

"그러지."

'파사현성'은 건조한 말투로 말했다.

"무림맹의 첩보부와는 무슨 거래를 해서 물러나게 만든 거지?"

* * *

"저희가 무림맹을 몰아낸 것이 아니에요."

지금의 '저희'는 화왕루주가 아닌 하오문의 지부장으로서 한 말이었다. 그 사실은 장평을 씁쓸하게 만들었다.

표정으로 내색하진 않았지만.

"무림맹의 첩보부가 철수하면서 저희들이랑 협정을 맺은 거지요."

"무슨 협정이지?"

"마교에 관련된 모든 정보를 전달하는 대신, 하오문의 '영업'을 방해하지 않겠다고요."

개방이 협의로 똘똘 뭉친 협객들의 정보 조직이라면, 하오문은 오직 이해득실만으로 엮인 범죄자들의 느슨한 조직이었다.

하오문은 정보를 매매하는 것이 주 업무였다. '돈이 되는 정보'를 '써먹을 줄 아는' 범죄자들에게 팔아넘기는 것이.

하오문이 장안에 자리 잡은 이상, 온갖 잡범들은 천군 만마를 얻은 것이나 다름없었다.

아마도 예전에 비해 도둑질 같은 자질구레한 범죄들이 눈에 띄게 늘어났으리라.

'이 또한 악양 대전의 여파겠지.'

악양 대전에서 혼돈대마는 도박수를 걸었다. 무림맹의 눈과 귀를 봉하기 위해, 가용한 모든 첩보원들을 맞교환 하는 도박을.

결과적으로 혼돈대마의 도박은 실패했지만, 그렇다고 해서 죽은 첩보원들이 돌아오는 것은 아니었다.

한 사람의 첩보원이 앞가림을 하기 위해서는 수년은 걸 렸다.

앞으로 수년간은 비어 있어야 하는 그 자리들을 하오문 이 날름날름 주워 먹는 것이리라.

'좋지 않군.'

개방이 협객, 완고하고 고집불통이지만 신뢰할 수 있는 존재라면, 하오문은 무뢰한. 신뢰할 수 없고 신뢰해서도 안 되는 존재였다.

"하오문의 손을 잡지 말았어야 했소."

장평은 고개를 돌려 '화란의 언니'를 바라보았다.

"잡기는 쉬워도 놓기는 힘든 손이니."

"우리에게 선택의 여지가 있었다고 생각하지는 마세요.

힘도 인맥도 없는 기녀들을 거둬 주는 조직이 하오문밖에
없었을 뿐이에요."

"풍요방이 있었잖소."

"저 비열한 장호겸에게 목숨을 맡기라고요? 필요하다
면 누구든 토사구팽하는 사람에게?"

그녀는 보았다.

장성문을 멸문시킬 때, 장호겸이 주저 없이 자신에게
유리한 결론을 내리는 모습을.

수하로 거두었던 화란의 복수도, 하다못해 진실조차도
아닌 실리를 택하는 모습을.

장호겸은 신뢰해서도, 보호자로 두어서도 안 되는 자였
다. 그렇기에, 화왕루는 다른 '보호자'를 찾아야 했다.

장평은 다시 소연정의 묘비를 바라보았다.

장평의 실패가, 그가 막지 못한 소연정의 죽음이 언니
인 소연화의 삶조차도 뒤흔들고 있기에.

"……."

파사현성은 차분히 말했다.

"무림에 풍문들이 떠도는 모양이더군."

"예."

"하오문의 짓이겠지?"

"예."

"뭘 노리는 거지?"

"저는 몰라요. 팔라고 보내 준 정보를 사고 싶어 하는 사람들에게 팔 뿐이지요."

파사현성은 물었다.

"하오문 본부에서 정보들을 보내온다고?"

"예."

"그 정보들은 진실인가?"

"진실인 것도 있고, 확인할 수 없는 것도 있지요. 그리고 거짓인 것도 있고요."

소연화는 말했다.

"하지만 저는 정직하게 장사하고 있어요. 확실한 정보는 확실하다고, 불확실한 것은 불확실하다고 미리 말해 두고 팔고 있어요."

"허위 정보는?"

"허위 정보는 팔지 않아요. 다만 어떤 정보가 허위 정보인지 아닌지 확인해 주기는 해요. 물론 돈을 받고요."

파사현성은 냉소했다.

"하오문도치곤 정직하군."

"저희는 하오문의 보호가 필요할 뿐, 어디까지나 술이랑 몸을 파는 사람이에요. 정보상으로 돈을 벌 생각은 없어요. 원한을 사면서까지 정보를 팔아먹을 생각은 더더욱 없고요."

"네 입장을 잊었군."

소연화는 흠칫 놀랐다.

"무슨 뜻이죠?"

"신뢰할 수 있는 정보는 드문 법이지. 하오문처럼 정보로 돈을 버는 사람의 정보라면 더욱더."

"……!"

소연화는 입술을 깨물었다.

"제가 범죄자들 사이에서 유명해질 거란 말씀이세요? 가짜 정보를 안 팔고, 불확실한 정보는 불확실하다고 말해 주는 신뢰할 수 있는 정보상으로요?"

"정직하고 솔직하게 장사하는 하오문도는 나도 처음 보니까."

"하……."

소연화의 탄식에는 여러 의미가 들어 있었다. 자신이 정보상으로서 미숙했다는 자조와, 그럼에도 불구하고 그 뒷감당조차 그녀 스스로 해야 한다는 피로감이.

하지만 어쩌겠는가? 이미 두 발은 수렁에 빠져 있고, 허우적대면 허우적댈수록 더욱 깊이 빨려 들어갈 뿐인 것을.

그녀는 지친 목소리로 말했다.

"……기녀는 몸과 웃음을 파는 고되고 천한 일인데. 모두가 멸시하는 더러운 일인데, 사람들은 왜 우리들을 가만히 놔두지 않을까요?"

"돈이 있으니까. 지킬 힘은 없는데, 돈은 있으니까."

강호는 강자존이라, 지킬 능력이 없는 약자가 무언가를 갖도록 용납하는 법이 없었다.

파사현성은 담담히 말했다.

"요 근래 하오문이 기연에 대한 정보를 많이 취급하는 모양이더군."

"얼마 전에 개업한 초짜 정보상에게 '요 근래'를 물으시는 건가요?"

"여기 말고 다른 지부들에서."

"저는 몰라요. 다른 지부에는 가 본 적도 없어요."

"방문해서 물어봐라. 기연에 대한 정보가 갑자기 늘어나지 않았느냐고."

"부탁인가요?"

소연화는 눈을 가늘게 떴다.

"아니면…… 의뢰인가요?"

"의뢰다."

"얼마를 받아야 할지 모르겠군요. 제가 조사할 수 있을지도 모르겠고요."

"값은 내가 매겨 주겠다. 비용 일체를 지불하고, 정보의 결과에 따라서는 그에 합당한 보상을 치르겠다."

파사현성은 담담히 말했다.

"다만 두 가지 사항을 주의해라."

"그게 뭐죠?"

"네 목적. 네가 기연에 대한 정보량을 조사하고 있다는 사실을 들켜선 안 된다. 그냥 일에 대해 배우러 왔다고만 해라."

"……일을 배우러 왔다는 말을 믿을까요?"

"믿을 거다."

파사현성은 차분히 말했다.

"네가 초짜라는 것은 상대방도 알 테니까."

"좋아요. 그럼 다음 사항은요?"

"상대방이 피하고 싶어 하는 주제는 절대 두 번 묻지 말거라. 어떠한 주제를 피하고 싶어 한다는 사실만으로도 가치 있는 정보이니, 그 이상을 파헤치려 들지 마라."

파사현성은 냉정히 말했다.

"깊이 새겨 두어라. 둘 다 네 목숨이 걸린 일이다."

"사람 다루는 방법이라면 자신 있어요."

"네가 아는 것은 너와 몸을 섞고 싶어 하는 남자를 밀고 당기는 법밖에 없다. 그들은 속는 것이 아니라, 속아 주는 것이다."

파사현성은 차갑게 말했다.

"너는 진짜 거짓말쟁이를 속여 본 적이 없다. 네가 너 스스로를 과대평가하면, 네 유일한 무기조차도 잃어버리는 거다."

"……."

"위험을 느끼게 되면 아버지나 장호겸, 다른 지역에서는 구파일방 계열 문파로 가서 보호를 요청해라. 내 이름을 대면 받아 줄 거다."

소연화는 씁쓸한 표정을 지었다.

"도주로를 준비하신 것을 보니, 제가 실패할 가능성이 높다고 생각하시는군요."

"그래."

"그럼 왜 이 일을 맡기시는 건가요?"

"하오문이 무슨 생각을 하는지 신경 쓰인다. 확인해 두고 싶지만, 지금 내게는 믿고 부릴 수 있는 자원이 없다. 너라도 쓸 수밖에."

"화란의 언니이기 때문에요?"

"아니. 적임이기 때문이다. 너는 암흑가에 대해 무지하다. 그러니 어떤 행동을 해도 이상하지 않지."

"……그리고?"

장평은 고개를 돌려 '화란의 언니'를 바라보았다.

"부차적이라고는 하지만, 개인적인 감정 또한 없지는 않소. 만약 당신이 이번 일에 실패한다면, 더 이상 암흑가에 머무르지 못할 터. 다른 삶을 살게 해 줄 수 있기 때문이오."

"대협은 제게 무얼 원하시나요? 성공해서 정보를 얻는

것? 아니면 실패해서 다른 삶을 살게 되는 것?"

"두 경우 모두 염두에 두고 있소."

"둘 중에 하나를 골라야 한다면요?"

"실패하길 바라오."

소연화는 차분한 얼굴로 말했다.

"그렇다면, 반드시 성공할게요."

"그건 이제 내 문제가 아니오."

"예. 제 문제죠."

소연화는 몸을 돌려 천천히 걸음을 옮겼다.

"저와 우리 화왕루 애들이 걸린 문제죠."

장평은 묘비를 바라보았다.

다시 얻은 그의 삶에서 처음으로 행한 실수이자 실패를.

교차된 두 송이 모란꽃이 슬프게 느껴졌다.

생전에 보았던 생기 넘치고 화려한 미소가 떠올라서. 목욕하며 나누었던 마지막 시간들이 떠올라서.

"후……."

텁.

장평은 묘비에 잠시 손을 얹었다.

'내 몸은 내가 지키겠소. 그러니 부디 당신의 언니를 지켜 주시오.'

봄날의 햇빛이 덥힌 미온만이 남아 있는 차가운 석비를.

'누군가를 잃으면서 얻을 교훈은 이미 충분히 얻었으니
까.'

잠시 하늘을 우러러본 장평은 몸을 돌렸다.

그 또한 무림인으로 돌아갈 때였으니까.

* * *

장평은 개향곡으로 향했다.

소연화가 뭔가를 조사하려면 시간이 필요했고, 장평은
굳이 시간을 낭비할 필요가 없었다.

'어쨌건 굳이 여기까지 왔으니 흑검은 가지고 가야지.'

홀로 걷는 동안 장평은 생각에 잠겼다.

'하오문은 기연에 대한 풍문을 범람시키고 있다. 단순
히 영업인지 다른 저의가 있는지는 모르겠지만.'

하오문의 목적을 파악할 수 없었다. 정보가 부족했으니
까.

'내가, 그리고 우리가 북경에 머물고 있기 때문이겠지.'

황궁이 있는 북경은 완벽하게 통제된 도시였다. 그 말
은 다른 '무림'과는 격리되어 있다는 뜻. 무림맹의 본부에
있는 사람들이 다른 지역의 분위기까지 느낄 수는 없었
다.

기연에 대한 풍문이 늘어났다는 사소한 것까지 알아내

기는 어려운 일이었다.

특히 첩보부가 철수한 곳. 하오문에게 양도한 영역에서 벌어지는 일이라면 더욱 알기 어려웠다.

장평은 고민했다.

'나는 분명 무언가를 걱정하고 있다. 그런데 대체 뭘 걱정하고 있는 것일까?'

장평은 현실적인 사람이었다. 그래서 단서가 부족하면 본인의 직감조차도 구체적으로 이해할 수 없었다.

'그냥 기우라면 좋겠는데.'

장평은 한숨을 내쉬었다.

너무 높은 자리에 오르고 나니, 직접 보고 들을 수 없는 것들이 너무 많았다. 신경은 쓰이는데 확인할 수 없는 일들도 너무 많았다.

'인력이 부족하다.'

결국 모든 고민은 원점으로 돌아갔다.

현장에서 모든 것을 보고 들어 줄 인력이. 의심스러운 일들을 확인해 줄 인력이.

첩보원이 절대적으로 부족하기 때문이었다.

'위험한 자들은 너무 많고.'

용태계의 무림맹주 등극 이후, 무림맹 첩보부는 금의위 및 동창과 긴밀하게 협력하고 있었다.

그 말은, 금의위와 동창의 업무에 협력해야 한다는 말

이었다.

'중원 내부'의 불온 세력들, 반역자와 모략가, 그리고 범죄자 등등을 상대하는 것도 무림맹의 일이 된 것이었다.

'우선은 하오문부터.'

장평은 결심했다.

맹에 복귀하면 하오문에 대한 조사 인력을 요청할 것을.

생각하는 사이, 장평은 어느새 개향곡에 도착했다. 장평은 별생각 없이 기관 장치를 조작하여 출구를 열었고…….

"……?"

"……?"

……있어서는 안 될 것을 발견했다.

'다른 사람'을.

"누구……?"

"……그러는 당신은 누구신데요?"

장평은 깨달았다.

대차게 꼬였다는 것을.

* * *

장평과 상대방 모두 잠시 침묵했다.

장평이 사람이 있다는 것에 놀랐다면, 상대방은 문이 열렸다는 것 자체에 놀란 눈치였다.

"비밀 문⋯⋯?"

상대방이 멍청한 표정으로 읊조리는 동안, 장평은 빠르게 상황을 파악했다.

'비밀 문을 몰랐다는 것은 흑검객이 안배한 시련을 제대로 따라온 사람이란 말인가?'

이십삼 대 검후 진영롱은 검후의 신물인 칠채보검을 감춰 버렸다. 아무도 찾지 못할 곳에.

그러나 흑검객은 진영롱처럼 자신의 의발을 묻어 버릴 생각이 아니었다. 자격이 있는 사람, 그러니까 강해지고 싶은 열망과 현명함이 있는 사람을 후계자로 삼고 싶었던 경우였다.

'흑검객이 남긴 단서들을 푼, 진정한 흑검객의 후계자로서?'

그렇기에 그는 난해하지만 확실한 단서들을 남겨 두었다. 어렵고 위험하지만, 포기하지 않고 쫓아가면 확실히 도착할 수 있는 단서들을.

'그게 천 년이 걸릴 줄은 몰랐겠지만.'

결과적으로는 후인이 절대 얻지 못하게 하려던 진영롱은 고작 이백 년 만에 발각되고, 정작 후인에게 물려줄 생각이었던 흑검객은 천 년이나 걸렸다.

안배한 자들의 뜻대로 풀리지 않는 것 또한 무림의 기연(奇緣)다운 일이리라.

'그렇다면 이 사람이 흑검객의 전인이란 말이로군.'

장평은 눈앞의 상대방을 바라보았다.

젊다기보다는 어리다는 말이, 아름답다기보다는 순박하다는 말이 어울리는 여자였다.

'스무 살 내외. 일류 이하.'

근골은 나름 잘 단련되어 있고, 내공도 그럭저럭 있었다. 동년배 중에서는 상위에 속할 여자였다.

'이건 예상 밖인데.'

장평은 잠시 침묵하며 상대방을 바라보았다. 갖은 시련과 관문을 뚫고 왔을, 흑검객의 정당한 전인을.

장평이 침묵하자, 상대방이 먼저 말을 걸어왔다.

"당신은 누구죠? 비밀 문은 어떻게 열었고요?"

"아, 실례했소. 나는 무림맹에서 일하는 장평이라고 하오."

"파사현성 장평……?!"

여자의 얼굴에 올라온 것은 경계심과 안도감이 뒤섞인 놀라움이었다.

"소저의 이름은 무엇이오?"

"저는 안휘성에서 온 동부용이라고 해요."

"만나서 반갑소, 동 소저."

장평은 온화한 미소를 지으며 예를 표했다.

'역사가 바뀌었다.'

생각할 시간을 벌기 위한 반사적인 미소였다.

'아직 흑검객의 유산이 발견될 때도 아니고, 흑검객의 유산을 발견한 사람은 저 여자가 아니었다.'

'장평'의 기억대로라면, 앞으로 삼사 년은 지난 뒤에 발견되어야 했다. 그리고 무엇보다도 흑검객의 후인은 남자였다.

'저 여자는 내가 아는 흑검객의 후계자 금교오가 아니다.'

'장평'은 흑검객의 후계자였던 사내, 금교오에 대해 잘 알고 있었다.

'금교오는 내 손에 죽었으니까.'

지금 장평은 판단해야 했다.

있어선 안 될 때에, 있을 수 없는 곳에 서 있는 저 여자를 어떻게 다뤄야 할지를.

'원래의 역사를 떠올려 보자.'

일단 '장평'의 기억 속에서 흑검객의 기연이 밝혀지는 것은 삼사 년 정도 뒤의 일이었다.

본래의 후인은 이류 낭인이었던 금교오.

그는 동인하초를 이식했고, 흑영순살검을 수련하고 흑검을 손에 넣었다.

그러나 그는 금세 한계에 부딪혔다.

'금교오는 너무 약했다.'

금교오는 당시 마흔 중반을 넘은 장년인. 흑검객의 기연을 얻은 것까지는 좋았지만, 무림을 헤쳐 나가기에는 너무 늦은 나이였다.

그래서 금교오는 현실적인 결정을 내렸다.

흑검객의 기연들을 무림맹에 팔아 치우고, 남은 여생은 부귀영화를 누리는 것으로.

'그런 금교오의 숨통을 끊은 것은 나였지.'

본래 금교오는 '백면야차'가 고독을 기생시킬 것을 지시한 대상이었다. 그러나 '장평'이 고독을 하독했음에도 불구하고 금교오의 몸은 고독을 제압하고 배설했다.

좀 더 정확히 말하면, 고독보다 먼저 몸에 기생하고 있던 동인하초가 고독을 죽인 것이었다.

〈동인하초는 백면야차의 절명고독을 밀어낼 수 있다!〉

'장평'에게 있어, 그것은 희망이었다.

절명고독에서, 백면야차에게서 벗어날 수 있을지도 모른다는 한 가닥 희망.

거기서부터 그 모든 것이 시작되었다.

'문제는 이 여자가 금교오가 아니라는 점이다.'

결국, 모든 문제는 한 가지 질문으로 귀결되었다.

'이 여자를 어떻게 해야 할까?'

결론을 내리기엔 정보가 부족했다.

그렇다면 정보를 얻어야 했다.

빠르게 생각을 마친 장평은 잔잔한 미소를 지으며 말했다.

"동 소저는 어찌 이곳에 계시오?"

"흑검객의 기연을 따라왔어요."

장평은 일단 시치미를 떼기로 했다.

"이곳이 흑검객의 기연과 관련이 있단 말이오?"

"관련이 있는 곳이 아니라, 여기가 도착 지점이에요. 흑검과 흑영순살검이 여기에 있어요."

동부용은 둥근 눈으로 장평을 바라보았다.

"그것도 모르고 오신 거예요?"

"그렇소."

동부용은 비밀 출구를 빤히 바라보았다.

"······비밀 출구를 알고 계셨잖아요."

"나는 그저 이곳의 석불에 뭔가 곡절이 있는 것 같다는 풍문을 듣고 와 본 것이오."

장평은 석불에 몰래 숨겨진 기관을 톡톡 건드렸다.

"실제로도 뭔가 있긴 했고 말이오."

"풍문을 듣고 와 보니 비밀 장치가 있었고, 그곳이 하필 흑검객의 기연으로 통하는 뒷문이었다니."

동부용은 미심쩍은 표정을 지었다.

"지금 저보고 그 말을 믿으라는 건가요?"

"만약 여기에 뭔가 있는지 알고 있었다면."

장평은 태연한 표정으로 말했다.

"벌써 오래전에 내가 가로채지 않았겠소?"

실제로도 가로채긴 했지만.

"하긴. 이곳에 흑검이 있음을 알고 계셨다면 이미 회수하셨겠죠."

장평의 말에 동부용은 납득했다. 그러나 그녀의 의심은 끝난 것이 아니었다.

"장평 대협은 무림맹에서 일하지 않으시나요? 천하의 파사현성께서 고작해야 풍문에 이끌려 저 멀리 북경에서 여기까지 오셨다고요?"

"북경에서 여기까지 온 것은 아니오. 마침 고향에 볼일이 있어서 귀향한 참이었소."

장평은 동부용을 몰랐지만, 동부용은 무림명숙인 장평을 잘 알고 있었다.

"그러고 보니, 장안 사람이라고 하셨죠."

"맞소. 해야 할 일도 있고 아버지도 뵙고 싶어서 겸사겸사 귀향했소. 마침 시간이 비는데 근처에서 신경 쓰이는 풍문이 들리기에 와 봤을 뿐이오."

"겨우 풍문만 듣고 와 보신 거예요? 석불이 수상하다는 얘기만 듣고요?"

"나는 풍문을 가볍게 여기지 않소."

장평은 담담한 표정으로 말했다.

"무림에서는 사소한 풍문이 중대사의 조짐인 경우가 적지 않으니 말이오."

"그러니까, 장평 대협께서는 여기에 흑검객의 기연이 있다는 것을 알고 오신 것이 아니고……."

"이곳의 석불이 수상하다는 소문을 듣고 한번 와 봤을 뿐이오."

장평은 너스레를 떨었다.

"사실을 말하자면, 나는 이 석불 자체가 기연이 아닌가 생각했었소. 소저도 들어 보았을 것 아니오? 아미산의 보현보살상(普賢菩薩像)에 대한 전설은."

아미파는 본래 불교 계통의 문파로, 그 개파조사는 아미산에 있던 어느 동굴에서 보현보살상을 발견하였다.

무공과 불심이 깊었던 개파조사는 그 보현보살상을 곰곰이 살펴보다가 깨달음을 얻어 무림지존의 경지에 올랐다.

아미산에 아미파가 자리 잡은 것은 그 보현보살상 때문이었다.

"하기야. 기연이란 정말 어디서 튀어나올지 모르는 거니까 기연이죠."

동부용은 납득한 모양이었다.

"그래서 이 석불도 흑검객께서 남긴 기연의 일부인가
요?"

"아마 아닐 것 같소. 적어도 내가 보기에는."

장평은 뒤로 물러나며 손짓했다.

"소저가 직접 보는 것이 어떻겠소? 부외자인 나는 모르
겠지만, 흑검객의 후예인 소저라면 뭔가를 느낄 수 있을
지도 모르니 말이오."

"그래요?"

귀가 솔깃해진 동부용은 걸어 나와 석불을 곰곰이 살폈
다.

집중하여 석불을 바라보는 그녀의 뒷모습을 보며, 장평
은 생각에 잠겼다.

'금교오는 어떻게 되었지? 대체 어떻게 시간과 사람이
바뀐 것인가?'

장평과 '장평'의 차이점은 바로 장평 그 자신이었다. 장
평이 바꾼 것들, 그리고 그 여파로 바꾼 것들은 '장평'의
기억과 다른 결과를 낼 수밖에 없었다.

'동부용은 어떻게 흑검객의 후예가 된 거지?'

이유가 있을 터였다.

금교오가 아닌 동부용이 이곳에 오게 된 이유가.

장평은 눈을 가늘게 떴다.

'일단은 살려 두자.'

필요하다면 언제든지 죽일 수 있었다.

지금은 그녀를 죽일 필요가 있는지를 판단해야 할 때였다.

한참 동안 석불을 바라보던 동부용은 침음성을 삼켰다.

"저도 모르겠는데요."

당연한 일이었다. 원래 아무것도 없는 석불이니까. 장평은 깊은 생각에 잠긴 표정을 꾸며 내며 물었다.

"하긴. 석불은 아무나 볼 수 있으니, 굳이 석실 안이 아닌 여기에 심득을 새겨 둘 이유는 없겠구려."

장평이 차분하게 말하자, 동부용은 조심스럽게 물었다.

"저를 죽이고 기연을 빼앗지는 않으실 건가요?"

장평이 그녀를 내심 경계했듯이, 동부용 또한 내심 걱정하던 모양이었다.

장평은 웃으며 그녀를 안심시켰다.

"세상 모든 것은 인연이 있기 마련이오. 선배의 의발이 천 년을 격해 정당한 후계자를 만났다면, 축하할 일이지 가로챌 일이 아니오."

본래 장평은 흑검객의 후예로 자신의 과거를 세탁하려 했다. 그러나 과거를 세탁하게 되면 그 대가로 세간에 흑영순살검을 익히고 있다는 사실을 알려야 했다.

'예정과는 다르지만, 내가 흑검객과 무관하다는 과거

세탁도 나쁘지는 않다.'

장평의 진짜 무기는 정보. 상대방의 방심과 오판이었다. 그에게서 쾌검을 예상하지 못한다면, 암운일섬광을 경계할 수도 없으리라.

'결국 내 실질적인 손해는 흑검을 얻을 수 없다는 것뿐이로군.'

아무래도 장평은 흑검과는 인연이 아닌 모양이었다.

예전에는 무명소졸로 보이기 위해 일부러 놓고 갔고, 명성을 마다할 이유가 없는 지금은 다른 사람의 손에 들려 있었다.

'뭐, 이 또한 인연이겠지.'

장평은 정중하고 겸허한 말투로 말했다.

"그래서, 흑영순살검은 대성하셨소?"

"아직 미흡해요. 하지만 구결을 외우고 기초를 다지긴 했어요."

"천 년을 지나 돌아온 천하제일검이라."

장평은 시치미를 떼며 말했다.

"훗날 기회가 되면 견식하고 싶구려."

"기회가 된다면요."

동부용은 미소를 지었다.

그리고 그 온화한 대화를 나누는 동안, 장평은 생각했다.

'역사가 바뀌었다.'

금교오 대신 동부용이 기연을 차지하게 된 것은, 장평의 영향일 것이었다.

'이번 일은 어떤 형태로건 마교와 관련이 있을 것이다.'

이번 삶에 들어 '장평'의 시대와 가장 많이 바뀐 것은 마교에 관련된 일들이었으니까.

'조사를 해 볼 필요가 있다.'

금교오나 동부용이 마교의 관련자이기 때문에 사건이 바뀌었을 수도 있다. 하지만 장평이 역사를 바꾼 여파를 간접적으로 받아 바뀐 사건일 수도 있었다.

'그녀가 마교의 관련자인지, 그냥 우연히 기연을 얻은 것인지 확인하기 위해서는.'

回生武士

2장

2장

그리고 확인하는 방법도 간단했다.

'그녀가 흑검객의 기연을 얻은 과정 속에서 금교오라는 이름이 나오면 된다.'

사오 년 뒤의 금교오는 천 년 만에 흑검객의 기연을 획득했다.

금교오의 정보를 활용한 것이 아니라면, 동부용이 벌써 흑검객의 기연을 얻을 수 없으리라.

장평은 넌지시 물었다.

"그런데 소저는 흑검객의 기연을 어찌 얻게 되었소?"

"하오문에서 정보를 샀어요. 요 근래 기연에 대한 풍문을 많이 팔더라고요."

"그렇구려. 하오문도 의외로 쓸모 있는 정보를 많이 파
는구려."

장평은 친절한 미소를 지으며 생각했다.

'그렇다면 정보의 출처는 하오문에서 확인해 보면 되겠
군.'

하오문이 정말 흑검객의 정보를 가지고 있는지, 만약
가지고 있다면 어디서 어떻게 얻었는지.

'그때까지는 동부용은 내 근처에 두어야 한다.'

장평은 미소를 지으며 말했다.

"이곳에서 수련을 더 할 예정이시오?"

"이미 구결은 암기했어요. 제 역량이 부족해서 제대로
펼칠 수 없을 뿐이죠."

"그럼 나와 함께 장안으로 가는 것은 어떻겠소? 나는
장안 사람이니, 내 손님으로서 맞이하리다."

"하지만……."

동부용은 주저했다.

그러자 장평은 넌지시 말했다.

"내가 아닌 다른 누군가가, 개향곡의 석불을 찾아올 수
도 있지 않겠소?"

"……."

동부용은 고민했다.

장평이 흑검객의 유산에 욕심을 내지 않는다 해서, 다

른 '손님'들도 그러란 법은 없지 않은가?

'물론 개향곡의 석불을 찾아올 무림인은 아무도 없지만.'

중요한 것은 동부용은 그걸 모른다는 점이었다.

동부용은 마음을 굳혔다.

"장평 대협은 명성대로 공정하고도 겸허하신 분이로군요. 저를 보호해 주신다면 그 은혜는 잊지 않을게요."

"은혜라고 할 것은 없소. 사해는 동도가 아니겠소?"

장평과 동부용은 서로에게 미소를 지었다.

속내를 드러내지 않은 예의 바른 미소를.

"동 소저는 흑영순살검의 구결을 완전히 암기했소?"

"예."

"그렇다면 뒷문은 폐쇄하는 것이 낫겠구려. 다른 이들이 함부로 드나들지 못하도록."

"출구를 막으면 흑검객의 기연을 쫓아온 사람들이 밖으로 나올 수 없을 텐데요?"

"이미 주인이 나타났는데, 누가 헛걸음을 하려 하겠소?"

잠시 생각하던 동부용은 고개를 끄덕였다.

"그것도 그렇네요."

"잠시 흑검을 빌려 주시겠소?"

"예."

동부용이 장평에게 흑검을 넘겨주자, 장평은 석불의 기관 장치에 찔러 넣었다.

그러자 돌도, 쇠도 진흙처럼 잘려 나갔다.

너무 손맛이 없어서 이상할 정도였다.

'과연 천하제일검이로구나.'

장평은 내심 감탄했다. 이 검이 다른 사람의 물건이라는 것이 아쉬울 정도였다.

어쨌건 이제 뒷문도 막혔다.

흑검객은 이제 완전히 역사 속으로 사라진 것이었다. 동부용이라는 후인만 남긴 채로.

"자, 그럼 이만 갑시다."

장평은 흑검을 돌려주며 말했다.

"강호의 무림인들에게 새로운 흑검지주(黑劍之主)가 나타났음을 널리 알리러."

동부용은 고개를 끄덕였다.

"예!"

* * *

장안까지는 닷새 정도는 걸리는 거리였다.

그사이, 장평과 동부용은 이런저런 얘기를 나누었다.

"장평 대협은 어떻게 그런 명성을 얻으셨나요?"

모닥불을 사이에 두고 노숙을 하는 어느 깊은 밤, 모포에 누운 동부용이 물었다.

장평은 그녀를 보며 조용히 말했다.

"그냥 운이 좋았을 뿐이오."

"그 말이 둘러대는 말이라는 걸 알아요."

동부용은 차분한 목소리로 말했다.

"저도 대답하기 귀찮거나 어려울 때는 그냥 운이었다고 대답하곤 하니까요."

"남들에게 말하지 못할 일들이 많았소?"

"제 아버지는 기연 추적자였어요. 물론 저도 아버지와 함께 일했고요."

동부용은 장평을, 그리고 장평 너머의 밤하늘을 바라보며 말했다.

"운이 좋다, 그 말 아래에 덮어 둔 것들이 얼마나 많은지 몰라요. 단서를 사고 자료를 조사하고 함정이나 진법을 파훼하면서 기연을 얻기까지 얼마나 힘겹고 고생스러운지를 털어놓는 것은 너무 구차하니까요."

"그래도 고생했던 보람은 있는 것 같구려."

장평은 점잖게 말했다.

"소저의 연배로 그 정도 경지라면, 흔치 않은 무위라오."

"누가 들으면 스무 살은 차이 나는 줄 알겠어요."

동부용은 배시시 웃었다.

"우린 고작 두세 살 차이일 텐데."

"진실을 말했을 뿐이오."

약관의 나이에 일류 무사의 경지에 오르는 것은, 특히 내력을 얻는 것은 흔한 일이 아니었다.

장평 본인도 구양신공을 얻기 전에는 내공 없이 얼마나 고생했던가.

명문의 후계자급이 아니라면 모를까, 아무런 배경 없는 소녀가 약관의 나이에 일류 무사가 되는 것은 불가능에 가까웠다.

"그렇게 따지면, 장평 대협이야말로 동년배의 누구보다도 뛰어난 경지가 아니신가요?"

"운이 좋았소."

"대협은 명성도 높잖아요."

"운이 좋았소."

"대협을 도와줄 사람도 아주 많고요."

"운이 좋았소."

"비겁한 말투성이로군요."

"아오."

장평은 잔잔한 미소를 지었다.

"그래도 운이 좋았을 뿐인걸 어쩌겠소?"

"대협이 운이 좋은 사람이라 다행이네요."

동부용은 배시시 웃었다.

"저도 그 운을 나눠 받을 수 있어서."

"그런 약조를 한 기억은 없소만."

"저를 흑검지주로서 무림에 소개하기로 했잖아요. 그건 제 후견인이 되겠다는 뜻이 아니었나요?"

"사실을 사실대로 전할 뿐이오."

"정말 그걸로 끝이에요?"

동부용은 장평을 바라보았다.

"제게 무슨 일이 생기건 그냥 외면하실 거예요? 이미 인연이 있는 사이인데도?"

"우리의 인연이 그렇게까지 깊다고는 생각하지 않소만."

동부용은 장평을 바라보았다.

"아버지는 제 눈앞에서 돌아가셨어요. 저를 벽 뒤에 숨긴 채로 고통받으며 돌아가셨지요. 아버지가 발견한 기연을 강탈하러 온 악당들에게 붙들려서요."

"……안타까운 일이구려."

"저도 알아요. 슬픈 일인 거. 하지만 저는 슬퍼하기보다는 교훈으로 그 일을 받아들이기로 했어요."

"그게 무엇이오?"

"강호는, 인면수심의 맹수들이 도검을 들고 횡행하는 무림은…… 능력이 없는 자가 무언가를 가지고 있는 것을 용납하지 않는다는 것을요."

동부용은 천천히 몸을 일으켰다.

모포가 몸에서 내려오는 것과 동시에, 그녀의 나신이 드러났다. 잔근육이 많은 탄탄한 나신에 달빛이 부서졌다.

여기저기에 크고 작은 상흔이 새겨진, 거친 삶의 흔적이 가득한 알몸에.

장평은 차분히 말했다.

"내게 뭘 바라는 거요?"

"강호는 강자존이고, 인맥 또한 강함이죠."

알몸의 동부용은 천천히 장평의 몸 위에 올라탔다.

"기연 사냥꾼으로서 장평 대협 같은 기연을 놓칠 이유가 있을까요?"

장평은 알몸의 여자의 엉덩이에 깔린 사내답지 않게 차분히 물었다.

"내 보호를 바라는 거요?"

"사랑받을 수 있으면 사랑받고 싶어요. 그럴 수 없다면 거래하고 싶어요."

"뭘 받고 싶고, 뭘 줄 수 있소?"

"절 지켜 주세요. 제가 해 드릴 수 있는 모든 것을 해 드릴 테니까."

동부용은 천천히 장평의 옷을 헤쳤다.

"기연 추적자로서도, 무림인으로서도."

장평은 거부하지 않았고, 동부용의 손길은 더욱 대담해졌다. 더 깊은 곳으로, 더 농밀하게 파고들어 갔다.

"그리고 여자로서도……."

탄탄한 나신 위로 달빛이 부서지는 가운데, 별처럼 빛나는 둥근 눈동자가 장평을 담고 있었다.

"대협이 절 사랑하게 될까요?"

"아마 아닐 거요."

"그럼 저를 대협의 소유물로 다뤄 주세요."

그리고 그것도 잠시, 동부용은 가슴에 입을 맞췄다. 배와 단전, 그리고 그 밑으로 천천히 입술이 흘러 내려갔다.

"아끼는 애장품으로, 결코 잃어버리거나 빼앗기고 싶지 않은 귀중품으로요."

"소저에게 내가 아낄 만한 가치가 있소?"

동부용은 도발적인 미소를 지었다.

"직접 확인해 보세요."

장평은 그녀를 모포 위에 눕혔다.

동부용의 탄탄하고 상처 많은 몸에, 사내의 묵중한 무게가 파고들어 왔다.

나직하고 달콤한 신음 소리가 두 사람이 몸을 겹친 평원에 울려 퍼졌다.

장평은 입을 맞췄다. 손이, 다리가, 그리고 다른 신체 모든 부위들이 그러하듯이, 동부용을 맛보았다.

어쩌면 그의 손으로 죽이게 될지도 모르는 여자의 몸을.

＊　＊　＊

동부용은 깊게 잠들어 있었다.

그녀가 새벽녘까지 고생했다는 것을 잘 알기에, 장평은 소리 없이 일어나 모닥불에 장작을 더했다.

장평이 초인의 근골과 체력을 가지고 있다면, '장평'은 여체를 다루는 기술에 능통했다.

간밤에 보낸 시간은 동부용 본인이 예상하던 것보다 놀랍고 경이로운 경험이었으리라.

'나를 방심시키려는 것일까. 아니면 정말로 내 보호를 받으려는 것일까.'

아무리 오랫동안 몸을 섞었어도 한 장의 낯짝 안에 무슨 속셈을 품었는지는 도저히 알 수 없는 법.

장평이 아는 것은 단 하나.

그녀가 스스로 장평의 품에 안겨 왔다는 것뿐이었다.

나머지는 이제부터는 차차 알아 가야 하리라.

동부용이 어떤 사람인지, 무슨 생각인지.

그리고 적인지 아군인지도.

'아무것도 아는 것이 없는 여자임에도 몸은 통할 수 있구나.'

새삼 씁쓸하게 여겨졌다.

그녀를 믿어 줄 수 없는 것이.

* * *

"으음……."

동부용이 눈을 떴을 때는 장평이 간단한 아침 식사를 준비했을 때였다.

"잘 잤소?"

끓인 물에 곡물 가루를 풀었을 뿐인 간소한 식사였지만, 차가운 아침 공기 속에서 손과 배 속을 덥히게 되니 호사스럽게 느껴졌다.

동부용은 배시시 웃었다.

"천하의 장평 대협의 아침 시중을 받을 수 있다니, 이거 영광이네요."

"밤새도록 고생한 사람에게 아침 정도도 못 차려 주겠소?"

"그래요. 말이 나왔으니 하는 말인데."

동부용은 투덜거렸다.

"……왜 이렇게 잘해요?"

"세상 모든 것은 하다 보면 늘기 마련이오."

"……아니, 대체 얼마나 해댄 거예요?"

"소저의 생각보다 약간 더."

동부용은 키득거리며 웃었다.

"언젠가는 제 밑에 깔린 채로 헐떡대게 만들 거예요."

"연습이 필요하면 부담 갖지 말고 말하시오. 얼마든지 협력할 용의가 있으니까."

장평과 동부용은 묽은 죽을 홀짝이며 편안한 미소를 지었다.

서로의 속셈보다 서로의 속살에 대해 더 잘 알게 된 두 남녀, 장평과 동부용은 걸음을 옮겼다.

낮에는 서로 잡담을, 혹은 거짓말을 나누면서 길을 걸었고, 밤에는 서로의 체온을 나누었다.

제국도, 무림도 없었다.

명성도, 음모도 없었다.

하늘과 땅 아래에 두 남녀만이 있었다.

지평선에 이르기까지 아무도 없기에, 나신도 신음 소리도 아무런 부끄러울 것이 없었다.

그저 조금 더 솔직하고 조금 더 격렬하게 서로를 탐할 뿐이었다.

'그냥 우연이면 좋겠다.'

장평은 생각했다.

'그녀가 그저 운이 좋아 기연을 얻었던 거라면 좋겠다.'

가능하면 동부용을 벨 일이 생기지 않았다면 좋겠다고.

'그렇지 않다면 내 손으로 베어야 하니까.'

그때가 된다면, 조금도 주저하지 않을 것을 알기에.

* * *

장평과 동부용은 그렇게 걸음을 옮겼다.

진솔한, 혹은 거짓으로 점철된 대화 속에서 미소를 짓는 순간들이 많아졌음을 자각했을 즈음, 지평선 너머에서 성벽이 보이기 시작했다.

"장안이군."

"장안이네요."

닷새는 생각보다 짧았다.

세상은 이제 두 사람만의 것이 아니었다.

두 사람이 세상에 속하게 될 때였다.

"준비되었소?"

"뭐가요?"

장평과 동부용은 서로를 바라보았다.

장평은 미소를 지으며 말했다.

"무림에 흑검지주로 알려질 준비 말이오."

"그런 건 후견인이 준비해 줘야 하는 거 아닌가요?"

"그것도 그렇구려."

장평은 동부용의 손을 잡았다.

"자, 갑시다."

장평이 표국으로 돌아오자, 장대명은 반색했다.

"평아, 왔느냐?"

"예, 아버님."

"그런데 그쪽은……?"

장대명이 말끝을 흐리자, 장평은 동부용을 소개하며 말했다.

"동 소저. 이쪽은 내 아버지 장대명, 대운표국의 국주시오. 아버지. 이쪽은 안휘성에서 온 동부용 소저라고 합니다."

장평은 덧붙이듯 말했다.

"오가는 길에 알게 된 무림인입니다."

"무림맹의 동료더냐?"

"그건 아니고, 그냥 새로 사귄 벗입니다."

장대명은 점잖게 인사를 했다.

"만나서 반갑소, 동부용 소저. 이 사람은 장안에서 표국을 하는 장대명이라 하오."

"안휘성 사람 동부용이라고 합니다. 잘 부탁드립니다,

장 국주님."

장대명은 점잖은 미소를 지었다.

"어린 소저가 예의에 바르시구려. 하지만 내 아들의 손님이면 내 손님이기도 하니, 격식을 차리지 말고 내 집처럼 편히 여겨 주시오."

"예, 장 국주님."

장대명은 말했다.

"평아, 손님방을 안내해 드리거라."

"예, 아버지."

동부용은 속삭였다.

"대협은 참 좋은 아버지를 두신 것 같네요."

"사실 그게 내 인생의 가장 큰 복이라오."

장평의 말은 진심이었다.

동부용은 미소 지었다.

"그래요. 세상에 살아 계신 부모님보다 더한 행복이 어디 있겠어요?"

참으로 쓸쓸한 말이었다.

진담이라면.

대운표국의 손님방은 넓거나 화려하진 않았지만, 정갈하고 깔끔했다.

"짐을 풀고 쉬시오. 목욕물과 갈아입을 옷을 준비시킬 테니까."

"무복으로 준비해 주세요."

동부용은 조용히 말했다.

"여성복 말고요."

"알겠소."

장평이 하녀에게 이런저런 지시를 내리고 걸어 나오자, 장대명이 말했다.

"곧 갈 것이라 하더니, 계획이 바뀐 모양이로구나?"

"예. 아무래도 장안에 며칠 더 머물러야 할 모양입니다."

장대명은 걱정스러운 표정으로 말했다.

"나쁜 일이냐?"

"잘 모르겠습니다. 다만 확인해 봐야 할 일이긴 합니다."

"알았다."

장평은 마당에서 일하고 있던 위자성을 힐끗 바라보았다. 장평이 조용한 구석으로 걸음을 옮기자, 위자성은 눈치 빠르게 쫓아왔다.

"지시하실 일이 있으십니까?"

"확인해야 할 것이 있다. 무림맹의 첩보부 중에서 가장 가까운 곳이 어디지?"

위자성은 빠르게 파악했다.

"하오문에 의뢰할 수 없는 일입니까?"

"그래."

"가장 가까운 곳도 열흘은 걸립니다. 말을 타고 가더라도 말입니다."

장평은 눈썹을 찌푸렸다.

'그렇게까지 첩보망이 좁아졌단 말인가? 제국의 중앙인 섬서의 태반을 하오문에 내줘야 할 정도로?'

이 부근에도 장안만은 못해도 나름 도시라고 할 만한 곳이 여럿 있었다.

그런데 그들 모두가 철수했다니?

그 영역 모두를 하오문이 넘겨받았다면, 생각보다도 훨씬 심각한 상황이었다.

"너무 늦다."

말을 타고 가도 열흘이라면, 제대로 된 답변이 들어오기까지는 한 달은 걸린다고 생각해야 했다.

'그럴 만한 시간이 없다.'

사전에 확인해 두고 싶은 정보가 있었지만, 이런 상황에서는 불가능했다.

'그렇다면 연락만이라도 해 둬야겠지.'

장평은 대운표국 밖으로 걸음을 옮겼다.

그가 향한 곳은 장안 내부의 군영(軍營)이었다.

"무슨 일이냐?"

"군용 전서구를 써야겠다. 담당자에게 안내해라."

"천한 무림인 놈이 어딜 감히!"

병사들이 눈을 부라리며 호통을 치자, 장평은 차분히 그들을 바라보았다. 그러자 되레 병사들이 기가 죽어 주춤주춤 물러났다.

"나는 황궁에 전서구를 보낼 것이다. 만약 내가 그럴 만한 권한이 없다면, 감히 군용 전서구를 사적으로 사용한 대가를 치르게 되겠지."

"그, 그렇겠지."

"하지만, 만약 내가 전서구를 날릴 자격이 있는데 너희들이 나를 막는 것이라면, 너희들은 그 대가를 치를 준비가 되어 있느냐?"

병사들이 주춤거리자, 갑주를 걸친 장수 하나가 나와 보았다.

"누가 감히 군영 앞에서 소란을 부리는가?"

"대운표국의 장평."

"일개 무림인이 어딜 감히……!"

"황백부 용태계의 심복이 북경의 동창에 보낼 전언이 있다."

황백부, 그리고 동창.

벼슬아치라면 기가 죽을 수밖에 없는 이름이었다.

'그러고 보니, 요동에서 오랑캐를 몰아냈다던 자가 장안 사람 장평이라 했었지.'

궁가구호장의 인정을 받은 자, 장안의 장평.

군부에도 그 명성은 널리 퍼져 있었다. 제국 군부의 정점 대장군 궁천승이 직접 임관할 것을 청했다는 믿기 힘든 풍문과 함께.

장수는 기가 죽어 물었다.

"무, 무슨 용무로 전서구를 보낸단 말이오?"

"네가 알 일이 아니다."

장평은 버럭 꾸짖었다.

"급한 일이니 길을 열어라!"

"아, 알겠소."

장수는 결국 장평을 비둘기장으로 데리고 갔다. 장평은 전서구 담당자를 향해 물었다.

"서신은 암호문으로 작성하나?"

"그렇소."

"그럼 내가 부르는 문장을 적어라. 첫 줄은 '이면수라가 미소공주에게'라고."

"다음 문장은요?"

"단독 행동을 하겠습니다. 제 움직임에 맞춰 주십시오.'라고 적어라."

"그게 끝입니까?"

"그래."

편지를 다리에 묶은 전서구가 날아가자, 장수는 조심스

럽게 말했다.

"군용 전서구를 사용하는 것은 군법으로 다뤄야 할 중죄요. 적법한 권한이 없는 일반인이라면 곤욕을 치르게 될 것이오."

"알고 있소."

"대체 무슨 일이기에 군법을 감수해 가며 동창에 연통을 넣는 거요?"

"의심암귀에 사로잡힌 자의 무의미한 기우(杞憂)이기를 빌어 주시오."

장평은 냉소하며 말했다.

"내가 걱정하는 일이 벌어질 경우보다는 훨씬 나을 테니까."

* * *

그날 이후.

장평은 평온하다면 평온한 나날들을 보냈다.

아버지와 무학에 대해 토론하기도 하고, 이 부근의 소문들을 수집하며 강호의 정세를 생각하기도 했다. 자신이 세운 계획을 점검하며 허점이나 변수를 상상해 보기도 했다.

그러나 어떤 낮을 보냈건 밤은 똑같았다.

모두가 잠든 깊은 밤이 되면, 동부용은 장평의 방으로 들어와 촛불을 껐다.

"책 읽는 중이잖소."

장평이 가볍게 핀잔을 주자, 동부용은 몸을 가리고 있던 천을 놓았다.

"저도 기다리고 있는 중인데……."

그녀는 탄탄한 알몸을 드러내며 웃었다.

"저보다 책이 급한가요?"

"가끔은."

장평은 동부용과 몸을 섞었다.

"오늘은 아니지만."

그녀는 어렸고 건강했다. 동부용의 탄탄하고 단련된 몸은 장평의 품 안에서 고삐 풀린 망아지처럼 날뛰었다.

그러나 장평은 젊고 건강한 몸에 수십 년의 기술까지 더해져 있었다.

땀에 젖은 여체는 몸에 박힌 심지를 통해 범람하는 감각에 몇 번이고 경련했다.

결국 녹초가 되어 축 늘어질 때까지.

"……나만 지쳤어요? 오늘도?"

"그렇소."

"치사해."

누워 있는 장평의 팔에 머리를 눕힌 채, 동부용은 투덜거리며 물었다.

"……대체 왜 이렇게 잘해요?"

"재능과 경험."

장평은 느긋한 목소리로 말했다.

"그리고 상상력."

"재능과 경험은 그렇다 치고, 상상력이라뇨?"

"내 행동이 상대방에게 어떤 반응을 일으킬지를 상상해야 하오. 상상력을 더하지 않은 경험은 무의미한 헛수고일 뿐이오."

"무공 얘기예요?"

"밤일 얘기요. ……일단은."

장평은 느긋하게 말했다.

동부용은 입을 열었다.

"흑검의 검집을 주문 제작하려고 시장을 돌아다니다가 소문을 들었어요."

"무슨 소문 말이오?"

"사흘 뒤에 화왕루에서 큰 연회가 열린대요. 아주 유명한 무림명숙이 주최하는. 근방의 무림인들이 모두 모이는 자리라던데요."

"그렇소?"

"금의환향한 무림명숙이 장안의 무림인들에게 인사를 할 겸, 자신이 후원하는 젊은 무인을 소개하는 자리가 될 거라고요."

"금시초문이구려."

"그럼 그 여자 무림인이 흑검객의 후계자라는 소식도 못 들으셨겠네요?"

"물론이지."

"……저기요."

동부용은 장평의 옆구리를 쿡 찔렀다.

"얄밉게 구는 것도 적당히 하지 그래요?"

장평은 미소를 지으며 말했다.

"소저는 투덜댈 때가 제일 매력적이오."

"그럼 계속 불평만 할까요? 배은망덕하게?"

장평은 웃었다.

"은혜를 베푼 기억은 없소. 나는 그저 소저를 이용할 뿐이오."

"제가 대협을 이용하듯이요?"

"그렇소."

"그 거래, 저에게만 너무 이로운 것 같네요."

"일이 끝나기 전에는 결산을 할 수 없는 법이오. 손익 계산은 끝나 봐야 아는 법이지."

동부용은 몸을 굴려 장평의 몸 위로 올라갔다.

크고 둥근 그녀의 눈빛은 별빛을 닮았다. 가까우면 가까울수록 빛나는 별.

겪어 온 삶의 험난함과는 별개로, 밤하늘 높은 곳에서 청정함을 잃지 않는 샛별이었다.

장평은 그녀의 맑은 눈빛 속에 비친 자신을 바라보았다.

무슨 생각을 하는지 모를, 얄미울 정도로 여유롭고 느긋한 표정의 사내를.

"장평 대협 같은 노련한 강호인에게 고맙다는 말은 별 의미가 없다는 거 알아요."

"잘 아는구려."

"그래도 고맙다고 말하고 싶어요."

"뭐가 말이오?"

"흑검객의 기연을 빼앗지 않고, 절 죽이지 않고 제 후견인이 되어 주는 것을요."

"말했다시피 일이 끝나기 전에는……."

"쉬잇."

동부용은 장평의 입술에 자신의 입술을 포갰다. 잠시간의 입맞춤이 끝난 후, 그녀는 미소를 지은 채로 장평을 내려다보았다.

"그냥, 알았다고 하기만 하면 돼요."

"……알겠소."

동부용과 장평은 서로의 몸을 매만지고 장난치며 키득거렸다.

〈92〉 회생무사 6

그러는 사이, 동부용은 어느새 장평의 가슴에 머리를
기댄 채 새근새근 잠들어 있었다.

"……."

장평은 그녀의 머리를 어루만졌다.

부드러운 손길과는 달리, 차분하고 차가운 눈빛으로.

'사흘.'

사흘 뒤였다.

그의 우려가 기우로 밝혀지는 순간.

혹은…….

"……."

그의 우려가 현실로 밝혀지는 순간이.

* * *

사흘 뒤, 이른 아침.

"저 촌스럽게 보이지 않아요? 아니면 너무 어려 보이거
나?"

동부용은 긴장하며 흑검만 만지작거렸다.

지금 이 자리는 사실상의 성인식이었다.

'흑검지주 동부용'이 처음으로 무림에 이름을 알리는
자리였기에.

"맞소. 촌스럽고 미숙하게 보이오."

"빈말이라도 좋으니 듣기 좋은 말 좀 해 주죠?"

"그럴 수야 없지."

장평은 느긋한 표정으로 말했다.

"나는 동 소저가 투덜대는 모습이 제일 마음에 드니까."

"아, 좀."

동부용이 투덜거리자, 장평은 웃으며 미리 주문해 둔 흑색 무복을 입혀 주었다.

얼핏 보기에는 수수하고 소박한 단색 무복처럼 보이지만, 동부용의 몸에 딱 맞게 제작된 최고급 비단옷이었다.

거기에 틀어 올린 머리 뒤에 꽂는 머리 장식은 금과 은을 더해 만든 봉황.

그 모두가 파락호였던 '장평'의 안목으로 고른 명품들이었다.

거기에 더해, 화장에 서툰 그녀를 위해 직접 입술을 칠해 주고 눈썹을 그려 주었다.

"아니, 남자가 왜 이렇게 화장을 잘해요?"

"변장도 화장의 일종이니까."

변장과 풍류에 모두에 일가견이 있는 '장평'의 손길이 스치자, 동부용의 소박하고 앳된 인상이 순식간에 품위 있고 우아하게 변했다.

동부용은 거울 속에 비친 자신의 모습에 감탄했다.

"옷이 날개네요!"

"본인 입으로 할 말은 아니구려."

"하지만 이렇게 예쁜 모습이 된 것은 처음인걸요."

들뜬 동부용의 모습을 보며, 장평은 능청을 떨었다.

"내 기억에는 알몸일 때가 더 매력적이었던 것 같은데……."

"……저기요."

장평은 피식 웃으며 그녀의 등을 두드렸다.

"마음의 준비를 단단히 하시오."

"무슨 준비를요?"

"지칠 준비를."

그날 화왕루는 평소보다 일찍 영업을 시작했다. 대낮부터 밀려드는 손님들을 맞이하기 위해서였다.

동부용이 얻은 기연을 축하하는 축하연이자, 그녀가 흑검객의 후인임을 피로하는 자리이기도 했다.

하지만 중요한 것은 그것이 아니었다.

"장평 대협께서 화왕루에 머무신다는 소식을 듣고 왔소이다!"

"어허! 내가 먼저 왔소! 줄 서시오, 줄!"

무림인들의 인산인해는 화왕루에 온 장평을 찾아온 것이었다.

인맥 또한 힘이 되는 것이 무림.

초일류 무인인 동시에, 실력 있는 수완가. 무림맹주 용태계의 총애를 받는 무림맹의 실력자인 동시에, 구파일방 모두에게 은혜를 입혀 둔 무림명숙.

평생 하나를 이루기도 힘든 것을 모두 이룬 초신성. 그리고 무엇보다도 그 모든 것을 이룬 것이 고작해야 이십 대 초반의 연배.

'그의 무궁무진한 장래성을 감안해 보면…….'

'친해질 가치 또한 무궁무진!'

모든 무림인들은 남녀노소를 불문하고 장평과 친분을 쌓을 기회를 노리고 있었다.

특히 무적(無籍)의 몸으로 무림을 떠도는 하류 낭인들은 그 기회를 더욱 갈망했다.

더욱이 장평은 대부분의 시간을 무림맹 안에서 근무했고, 가끔 외부 활동을 나갈 때도 빠르고 조용하게 움직이곤 했다.

지금처럼 편하게 만나 인사를 나눌 기회는 많지 않으리라.

'이번 기회를 놓칠 수야 없지!'

화왕루는 무림인들로 그야말로 장사진을 이루고 있었다.

"떨리네요……."

"긴장하지 마시오."

동부용이 굳은 얼굴로 읊조리자, 장평은 느긋한 목소리로 말했다.

"어차피 저들 중 대부분은 나를 보러 온 것이니, 동 소저가 중간에 빠져나가도 아무도 눈치 못 챌 거요."

"얄미운 소린 진짜 잘한다니까."

"그래도 부담은 줄지 않았소?"

"네."

땀에 젖은 동부용의 손이 장평의 손을 꼭 잡았다.

"얄미운 누구누구 씨 덕분에요."

연회가 시작되자, 한 사람이 다가왔다.

"이 사람은 이 부근에서 활동하는 살풍겸(殺風鎌) 녹염소라고 합니다. 장평 대협의 명성을 듣고 특별히 인사드리러 왔습니다."

녹염소라는 자가 자리에 앉자, 장평은 술잔을 채워 건넸다.

"무림맹의 장평입니다. 녹 대협을 만나 뵈어 영광입니다."

장평은 동부용을 바라보며 미소를 지었다.

"이쪽은 안휘성 사람인 동부용 소저입니다. 이번에 기연을 얻어 흑검과 흑영순살검을 물려받은 새로운 흑검지주이지요. 모쪼록 녹 대협께서 그녀의 앞날에 행운이 가득하기를 빌어 주시면 감사하겠습니다."

"허어. 천 년을 격한 사승(嗣承)이라니. 참으로 기연이로군요!"

녹염소와 장평은 술잔을 부딪혔다.

"녹 대협의 만수무강과……."

"동 소저의 무궁한 무림행을 빌며!"

탁!

두 사람은 동시에 술잔을 비우고 잔을 내려놓았다.

"전설 속의 흑검이라."

녹염소는 은근한 목소리로 물었다.

"괜찮다면 한번 견식할 수 있겠습니까?"

장평은 티 나지 않게 동부용의 발을 톡 건드렸다. 그러자 동부용은 고개를 끄덕였다.

"예, 녹염소 대협."

동부용은 특제 검집에서 천천히 흑검을 뽑았다. 한 손으로도, 두 손으로도 잡을 수 있는 손잡이 안쪽에는 금속 광조차 허락지 않는 완벽한 칠흑의 검신이 곧게 뻗어 있었다.

잘 벼려진 폭이 넓은 검신은 흐르는 공기마저 베어 가르는 예리한 칼날로 이어져 있었다.

녹염소는, 그리고 무림인들은 감탄했다.

"그야말로 천하무쌍의 신병이기로군요."

천 년이 지났음에도 녹 하나 슬지 않고, 잘 벼려진 검신에는 흠집 하나 나지 않았다.

단순히 칼날의 예리함만으로는 흑검에 뒤지지 않는 신병이기가 몇 있지만, 흑검 특유의 강인함과 견고함까지 더하면 그야말로 천하제일검이었다.

무인들은 감탄했고, 감탄만큼의 물욕이 눈에서 번뜩였다.

평범한 상황이었다면, 쟁탈전만으로 대규모 혈사가 벌어졌을 신병이기였다.

하지만…….

'내가 뺏어 봤자 다른 놈에게 뺏기지 않는다는 보장도 없고…….'

'내가 얻을 수 있다는 보장도 없는데 괜히 장평 같은 거물의 적이 될 필요는 없다.'

그야말로 화중지병(畵中之餠). 한번 손을 뻗으면 후환을 장담할 수 없기에, 모든 무림인들은 탐욕을 억눌렀다.

'그냥 장평이랑 안면이나 익히고 가자.'

무림인들은 점잖은 태도로 장평과 동부용에과 인사를 나누었다.

* * *

축연은 사흘 동안 이어졌다.

장평을 보러 온 무림인들의 줄이 끊이지 않았기 때문이었다.

그 숫자는 적게 잡아도 수백 명.

장평이 나눈 술잔만 해도 수백 잔이었다.

그러나 장평은 흐트러짐 없는 단정한 모습으로 사람들을 맞이했다.

"괜찮으세요?"

"안 괜찮소."

동부용이 걱정스럽게 묻자, 장평은 나직이 말했다.

"피곤하고 지루하오. 내력을 소진해서 심력도 소모되었고."

"내력은 왜요?"

"내공으로 취기를 날려 보내고 있으니까."

동부용은 깨달았다.

'어쩐지, 이 주변에 유난히 주향이 진하더라니…….'

동부용은 조심스럽게 말했다.

"들어가 쉬시지 그러세요?"

"그럴 필요는 없소."

"왜요?"

"곧 끝날 테니까."

"뭐가요?"

"이 모든 것이."

그 순간, 동부용은 깨달았다.

어느새, 장평의 앞에 손님이 하나도 남지 않았다는 것을.

남아 있는 빈 탁자와 의자들 사이에서 서너명의 취객만이 간간이 보일 뿐이었다.

"그래요. 이미 끝났군요."

붐비는 인파에 익숙해져 있던 동부용은 텅 빈 화왕루의 모습에 묘한 쓸쓸함을 느꼈다.

"이 모든 것이요."

"아니오. 아직 아무것도 끝나지 않았소."

"예?"

"지금까지는 준비 과정에 불과했소. 지금 이순간부터가 시작이오."

장평이 자신의 손을 동부용의 팔에 올리는 것과 동시에, 장평의 맞은 자리에 한 사람이 다가와 앉았다.

"장평 대협."

화왕루의 루주이자 하오문의 장안 지부장.

그리고…… 소연정의 언니. 소연화였다.

"장평 대협의 의뢰대로 풍문의 유통에 대해 조사해 왔어요."

"수고했소."

장평은 파사현성으로서 물었다.

"하지만 그 전에 물어볼 것이 있다."

장평은 담담한 목소리로 말했다.

"하오문은 흑검객의 기연에 대한 정보를 유통하고 있나?"

"장 대협……?"

동부용은 흠칫 놀랐다.

그녀는 장평을 바라보았다.

"장대협은 절 의심하고 있었던 건가요?"

그 순간, 동부용은 깨달았다.

"처음 만났을 때부터 지금까지 계속?"

어느새, 장평의 손아귀가 족쇄처럼 그녀의 손목을 조여오고 있음을.

동부용의 눈빛이 떨리고 있었다.

그녀는 기다렸다. 농담이었다면서 짓궂은 표정을 짓기를. 몸을 섞을 때마다 보였던 부드럽고 느긋한 눈빛을 보이기를.

그러나 파사현성은 그녀에게 눈길조차 주지 않았다.

소연화는 차분히 말했다.

"정보의 진위 여부 확인 비용은 은자 다섯 냥이에요."

파사현성은 은자 다섯 냥을 건넸다.

그러자 소연화는 말했다.

"예. 흑검객의 기연에 대한 정보를 가지고 있어요. 불확실한 정보로서요."

"그 정보는 누가 팔았지?"

"이름은 모르겠어요. 하지만 흑검객의 기연을 추적하던 누군가가 포기하고 정보를 팔아 치웠대요."

"그렇군."

"만족스러운 답인가요?"

"그렇진 않다."

파사현성은 무표정한 얼굴로 고개를 끄덕였다. 금교오의 이름이 나오지 않은 이상, 아무런 답을 얻지 못한 것이나 마찬가지였다.

'이 순간이 오기 전에 확인해 두고 싶었는데.'

본래 첩보망이 건재했다면 장평은 사람을 보내 동부용의 뒷조사를 해 볼 것을 요청하려 했었다.

그녀의 신분이 확실한지를.

정말 안휘성 사람인지, 정말 기연 사냥꾼인지, 그리고 정말 아버지가 죽었는지 등등을.

하지만 장평은 질문을 하지 못한 채 오늘을 맞이했고, 결국 하오문에서조차 동부용에 대한 확답을 얻지 못했다.

장평은 동부용의 손목을 놓아주었다.

그 순간, 동부용은 장평의 뺨을 올려붙였다.

"의심했어요? 정말로?"

뺨이 붉어진 장평은 무미건조한 목소리로 말했다.

"의심했소."

"그럼 왜 날 안았어요?"

"동 소저를 방심시키기 위해서."

장평은 담담한 목소리로 말했다.

"날 의심한다면 빈틈을 보이지 않을 테니까."

"그럼 믿어 줬어야죠. 몸을 섞었으면 믿어 줬어야죠!"

동부용은 자리에서 일어나려 했다.

"당신에게 고마움을 느꼈던 제가 어리석었네요."

그 순간, 파사현성은 손을 뻗어 그녀를 앉혔다.

주저앉은 동부용은 발끈하여 흑검에 손을 얹었다.

"내가 출수하게 만들지 말아요."

"이제야 막이 올랐소. 막을 내리기 전까지는 소저 또한 퇴장할 수 없소."

"무슨 헛소리를 하는 거죠?"

"나는 아직 소저를 의심하고 있소."

장평은 차분히 말했다.

"내가 출수하게 하지 마시오."

* * *

동부용은 분한 표정으로 입술을 깨물었다.

'파사현성'은 차분히 말했다.

"그럼 답을 들어 보지. 하오문은 대체 무슨 생각인지를."

"제가 듣기로는……."

파사현성은 손을 뻗어 소연화를 제지했다.

"일개 지부장의 의견을 구한 것이 아니다."

소연화는 미간을 찌푸렸다.

"제 얘기를 안 듣겠다면, 왜 제게 조사를 의뢰하신 거예요?"

"미끼를 뿌려야 했으니까."

그 순간, 느긋하게 술을 마시고 있던 세 사람이 천천히 자리에서 일어났다.

터억.

그중 한 사람은 파사현성 앞에 앉았고, 두 사람은 호위 무사처럼 그 사람의 뒤에 섰다.

"언제 파악했나?"

"네가 두 번째로 인사하러 왔을 때."

자리에 앉은 사람, 살풍검 녹염소는 쓴웃음을 지었다.

"수백 명의 사람들을 다 기억한단 말인가? 고작해야 술한잔 마실 시간 동안에?"

"기억해야 한다면 기억할 수밖에."

파사현성은 차분히 말했다.

"인파를 모아 두면 너희들이 그 기회를 이용해 숨어들 것임을 알았으니까."

"나는 유명무실한 부류의 인간들을 많이 보았지. 하지만 너는 명성 그대로의 사람이로군. 파사현성 장평."

키득거리는 녹염소를 보며, 소연화는 어리둥절한 표정을 지었다.

"이 사람은 대체 누구죠? 지금 무슨 얘기를 하는 거예요?"

"나는 네가 들키지 않을 거라 했다. 그건 거짓말이었지."

파사현성은 건조한 목소리로 말했다.

"네가 하오문의 다른 지부장과 접촉한 순간, 내가 보냈다는 사실을 이미 들킨 것이었다."

"전…… 아무런 실수도 하지 않았는데요?"

"내가 장안에 있고, 네가 갑자기 돌발 행동을 보였다. 그러면 의심하는 것이 당연하다. 네가 아닌…….."

파사현성은 차분한 목소리로 말했다.

"……너를 움직이는 내 저의를."

"그래요."

소연화는 이를 악물었다.

자신이 속았고, 이용당했다는 것을 납득한 것이었다.

"그렇다면 대체 무엇을 위해서 절 이용한 거였죠?"

"미끼로 쓰기 위해서. 내가 하오문을 의심하고 있다는 신호를 보내기 위해서."

"누구를 낚기 위해서요?"

"하오문을 이용하고 있는 배후. 풍문을 퍼트리고 있는 흑막."

파사현성은 녹염소를 바라보았다.

"하오문주. 혹은 혼돈대마를."

녹염소는 물었다.

"어느 쪽이라고 생각하나?"

"하오문주."

"왜지?"

"내가 아는 혼돈대마라면 날 죽일 수 있는 사람을 보냈을 테니까."

"나는 널 죽이지 못할 것 같은가?"

"네겐 무리다."

콰장창!

녹염소는 술상을 뒤집어엎었다.

"꺅!"

소연화와 동부용이 움츠러드는 가운데, 파사현성은 차분한 목소리로 말했다.

"짖지 마라, 범부(凡夫). 너는 날 긴장시킬만한 거물이 못 돼."

"나는 하오문주다. 천하의 모든 모리배(謀利輩)가 나를 따른다."

녹염소는 으르렁거렸다.

"이곳에 손님이 왜 우리밖에 없는지 아나?"

"주변에 부하들을 깔아 놓고 못 들어오게 하고 있겠지."

"그래. 화왕루는 지금 겹겹이 포위당해 있다. 내 부하들로!"

소연화와 동부용의 얼굴이 새파랗게 질렸다.

자신들이 거대한 음모의 한복판에 얽혀 있음을 뒤늦게 깨달았기 때문이었다.

"그리고 그들까지도 필요 없을 것이다."

녹염소는 살의가 담긴 목소리로 말했다.

"너는 내 삼 초식도 버티지 못할 테니까!"

"주제 파악을 못 하는군."

"주제 파악을 못 하는 것은 너다. 나는 절정고수다. 너는 나보다 한 수 아래인 초일류고수고!"

"나는 너보다 교활한 사람들을 속였다. 너보다 강한 사람들도 죽였고."

장평은 차분히 말했다.

"날 함정에 빠트렸다고 생각하나? 천만에. 함정에 빠진 것은 너다. 네가 내 앞에 앉은 이상, 네가 할 수 있는 것은 단 하나뿐이다."

"그게 뭐냐?"

장평은 차갑게 말했다.

"후회하는 것."

"뭐?"

"상을 치우지 말았어야지."

그 순간, 장평은 내공을 실어 튕겨 나듯 몸을 일으켰다.

"엇……?"

콰직!

당황한 녹염소가 뭔가를 해 보기도 전에, 장평의 발이 녹염소의 발을 짓밟았다.

'움직일 수 없다.'

앉은 자세에서 장평의 일격을 맞이해야 하는 상황. 녹염소는 내공을 일으켜 호신공을 펼치려 했다.

그러나…….

'내공이 움직이지 않는다!'

녹염소는 뒤늦게 깨달았다. 악양에서 장평이 비천대마를 잡았을 때 썼던 정체불명의 기술의 존재를.

'내공이 봉쇄당했…….'

쿵!

장평의 주먹이 그의 명치를 꿰뚫을 기세로 꽂혔다. 치명적인 살의가 가득 실려 있는 정교한 일격에 녹염소의 내장이 뒤틀리고 숨통이 막혀 왔다.

"끄…… 어억……."

녹염소의 눈앞이 번쩍거렸다.

그리고 그가 정신을 차리기도 전에, 장평의 두 팔이 녹염소의 머리를 붙잡았다.

우득!

녹염소는 정신을 차리지 못했다.

자신의 목뼈가 부러지는 순간까지도.

"꺄악!"

소연화는 비명을 질렀고, 동부용의 얼굴은 파랗게 질렸다. 장평은 녹염소의 시체를 대충 옆으로 밀쳐 냈다.

장평은 녹염소 뒤에 서 있던 두 사람을 바라보았다.

"이름이 뭐지?"

오른쪽에 서 있던 사람이 입을 열었다.

"우, 우완입니다."

"저는 좌완입니다!"

왼쪽에 서 있던 사람도 다급히 말했다.

장평은 천천히 검을 뽑아 들었다.

소연화는 다급히 말했다.

"죽일 필요는 없잖아요!"

"살려 둘 이유도 없다."

우완은 늙은이였고, 좌완은 젊은이였다.

무위는 둘 다 비슷했다. 일류 무사였다.

장평은 아무 말 없이 좌완을 향해 몸을 날렸다.

"치잇!"

그 순간, 좌완은 발검술을 펼치며 장평의 검을 쳐 내려 했다.

그러나 서로의 검신이 격돌하려는 그 순간, 장평의 검신이 묘하게 흔들리더니 아지랑이처럼 사라졌다.

"어……?"

변초였다. 하지만 변초 특유의 다급함과 급급함이 없었다. 마치 허공에서 미끄러지듯이 검로가 바뀌어, 좌완에게 가장 치명적인 빈틈을 절묘하게 파고들었다.

변초가 아닌, 처음부터 그런 검초였던 것처럼 자연스럽게.

장평의 정체성인 '생각하는 자' 특유의 빠른 판단력과, 동인하초로 확보한 초월적인 반사 신경으로 빚어낸 장평만의 독문무공.

먼저 적의 초식을 '보고', 그 약점과 파훼법을 찾아낸 '다음에' 변초하는 반칙적인 검술.

후발제인(後發制人)의 둔검술(鈍劍術).

우문검!

장평이 무림에서 처음으로 우문검을 펼치는 순간이었다.

푸욱!

그리고 하오문의 좌완은 무림에서 최초로 우문검에 죽은 사람이 되었고.

"끄르륵……."

목에서 피 분수를 뿜어내는 좌완을 보며, 소연화는 구역질을 견디지 못하고 바닥에 구토했다.

나름 강호 경험이 있는 동부용 또한 순식간에 두 사람이 죽어 나가는 모습을 보며 몸을 덜덜 떨고 있었다.

장평이 자신까지 베지 않는다는 확신이 없기에, 두려움은 더욱 커져만 갔다.

촤악!

장평은 검을 휘둘러 핏물을 떨쳐 냈다.

자신의 검을 납검한 그는 다시 자리에 앉았다. 장평은 우완을 바라보며 말했다.

"앉으시오."

"살려 주십시오, 장 대협! 오늘 일은 아무에게도 말하지 않겠습니다!"

"명연기요. 하지만 무용하오. 앉으시오."

"무, 무슨 말씀을 하시는 겁니까? 저는……."

당황한 우완은 땀을 삐질삐질 흘리며 두 손을 내저었다. 그러나 장평의 눈빛은 조금도 변하지 않았다.

"나는 당신을 끌어내기 위해 사흘을 보냈소. 무가치한

이들과 무의미한 시간을 가졌지. 그러니, 이 이상 시간을 낭비하지 맙시다."

장평은 조용히 말했다.

"하오문주."

"……."

잠시 침묵이 흘렀다.

그리고 다음 순간.

우완이라고 자칭했던 노인은 피곤한 표정을 지었다. 그는 질렸다는 듯이 고개를 설레설레 내저었다. 의자를 당겨 자리에 앉은 노인은 투덜대듯 말했다.

"내 정체를 처음부터 알고 있었나?"

"아니. 몰랐소. 알았다면 이런 피곤한 과정을 거칠 이유가 없잖소."

"그럼 어디서부터 들켰지?"

"녹염소를 두 번째로 봤을 때부터."

장평은 조용히 말했다.

"하오문은 다른 무림방파와 다르오. 술수와 모략에 능한 이들의 조직이지. 그러니 하오문의 문주는 머리가 좋고 음험한 사람이지, 무공이 강한 사람이 아닐 거라 예상했소."

"무공도 강하고 머리도 좋을 수도 있잖나?"

"그런 사람은 하오문 말고도 갈 곳이 많소. 흑백을 가리지 않는다면 더욱 많을 테지."

장평은 차분한 표정으로 말했다.

"결국 하오문주밖에 될 수 없는 사람만이 하오문주가 되는 거요. 힘은 없지만 누구보다 교활하고 치밀한 모략가가. 내 말이 틀렸소?"

"맞다."

"그리고 힘이 없는데 지위가 높은 사람이라면 당연히 몸을 사리기 마련이지. 들키면 죽을 수도 있으니까. 하오문처럼 적이 많은 조직이라면 더욱더."

장평은 녹염소의 시체를 바라보았다.

"그런데 몸을 사려야 하는 요인이 사흘 동안 두 번이나 같은 장소에서 같은 사람을 만난다? 그렇게 멍청하다면, 암흑가의 정점에 오를 자격이 없소. 그러니 녹염소는 하오문주를 자처하는 가짜고, 가짜를 내세울 이유는 단 하나. 진짜를 숨기기 위함이지. 진짜 하오문주를 대신해 내 의도를 파악하고 위험도를 평가하려고 두 번이나 방문한 거요."

"남은 둘 중에서 나를 고른 이유는?"

하오문주는 흥미로운 표정으로 물었다.

"재능과 현명함은 노소에 무관하나, 노회함과 실적은 세월로만 완성하는 법. 둘 중에 당신이 나이가 더 많으니 당신이 하오문주일 거라고 생각했소."

"그건 좀 무모한 도박 같은데."

"물론 그뿐만은 아니오. 이름을 물었을 때, 당신이 먼저 답했소. 다른 하나는 당신의 대답에 말을 맞췄고."

짝. 짝. 짝.

하오문주는 박수를 쳤다.

"명불허전이로군, 파사현성."

그의 얼굴에는 조금 전, 얼빠진 호위 무사를 자청할 때와는 전혀 다른, 비릿한 음험함이 가득했다.

"이름이나 들어 봅시다."

"나는 아직 물어볼 것이 많은데."

"아니. 이번엔 내 차례요. 이름을 대시오."

장평은 손가락으로 검집을 톡톡 두드렸다.

"당신의 생사가 아직 내 손안에 있음을 잊지 않았다면."

＊　＊　＊

하오문주는 장평을 노려보았다.

그러나 그것도 잠시.

그는 쓴웃음을 지으며 말했다.

"호로견자(胡奴犬子)라고 부르게."

장평은 놀라거나 비웃지 않았다.

어차피 가명이나 별칭일 것이 분명했기 때문이었다.

"하오문도들도 그 이름으로 부르오?"

"내가 누군지 모르는 부하들은 문주님이라 부르지. 내가 누군지 아는 부하들은 다른 이름으로 부르고. 하지만 외부인에게 줄 이름은 호로견자밖에 없네. 이해하겠지?"

"이해하오."

남들에게 떳떳하게 자신의 이름을 댈 수 있는 사람은 많지 않았다. 그들처럼 진흙탕 속을 구르는 자라면 더욱더.

"그건 그렇고, 궁금한 것이 있는데."

장평은 제지하지 않았다. 호로견자의 '차례'였기 때문이었다.

"날 왜 부른 건가?"

"나는 누가 올지 몰랐소. 이번 일이 하오문의 단순한 과욕인지, 속셈이 있는 음모인지. 만약 음모가 맞다면 마교와 관계가 있는지도 알 수 없었소. 그걸 확인할 겸 불렀소."

"뭐가 그리 의심스러워서 날 불러낸 건가? 이런 함정까지 파면서?"

"강호에 풍문이 너무 많소. 그것도 기연에 관련된 풍문들이."

"겨우 그것 때문에 이 난리를 피웠나?"

"호로견자. 당신도 알겠지만 나는 몹시 피곤하고 불쾌하오. 길게 말하고 싶지 않으니, 개수작 부리지 마시오."

장평은 담담히 말했다.

"내가 이 자리에서 당신을 베어 버린다면, 당신의 복수를 위해 내게 덤빌 사람이 몇이나 있소? 당신의 빈자리를 차지하려고 밥그릇 싸움을 일으키는 대신, 아무런 이득이 없을 복수를 위해 내 적이 될 협객들이 얼마나 되오?"

"……"

"없소. 그러니 당신에겐 뒤가 없소."

장평은 냉혹할 정도로 차분하게 말했다.

"나는 귀찮고 짜증 난다는 이유만으로 당신을 죽일 수 있소. 당신이 아닌, '다음 하오문주'와 대화할 수 있소. 지금 당신을 살려 두고 말을 섞는 것은 순전히 다음 하오문주를 불러내는 것이 이번만큼이나 귀찮을 것이기 때문이오."

"무법자의 법도를 알 만큼은 알면서 혈채(血債)를 경시하는가?"

호로견자는 눈을 가늘게 떴다.

"나도 나름 일파의 종주인데, 복수를 해 줄 이가 하나도 없을까?"

"없소."

"있네."

"없소. 한 번만 더 내 앞에서 허튼소리를 하면, 베어 버리고 다음 하오문주를 불러내는 귀찮음을 감수하겠소."

장평은 조용히 말했다.

"황제가 내 이름을 아오. 무림맹주가 나와 절친하오. 동창과 금의위와 무림맹의 첩보부가 나와 협력하오. 구파일방이 내게 빚을 졌소. 나를 죽이는 이가 누구건 간에, 그는 확실하게 보복을 당할 것이오. 지금처럼 하오문이 개수작을 부리다 들켰을 때는 더욱 그러하겠지. 그러니 당신을 죽인다 해도 나를 노리는 자는 아무도 없을 것이오."

"……."

"나는 경고했소. 날 귀찮게 만들지 마시오."

호로견자는 이를 악물었다.

경계심 섞인 패배감을 느꼈으리라.

어쩌면 훗날 보복하겠다는 원한까지도.

그러나 장평은 신경 쓰지 않았다.

호로견자가 하오문주라면, 장평은 파사현성이었다.

"내가 대체 무슨 개수작을 부린다는 건지 모르겠군."

"후……."

한숨을 내쉰 장평이 검을 집으려 하자, 호로견자는 다급히 말했다.

"하오문은 넓고 방대하지."

"……."

"설마 하오문의 모든 일을 나 혼자 정한다고 생각하지는 않겠지? 나 모르게 벌어진 일일수도 있지 않나?"

호로견자의 목소리는 애걸에 가까웠다.

"……."

장평은 검을 내려놓았다.

"작금의 무림에는 기연에 대한 풍문이 넘쳐흐르고 있소. 그리고 나는 이것이 우연이 아니라는 것을 확인했소. 하오문의 영역에서, 그리고 하오문의 분타에서 기연에 대한 풍문들을 적극적으로 유통하고 있음을 확인했소."

"그런데?"

"그리고 기연은 아주 훌륭한 위장 신분이오. 과거 경력을 세탁하기 위한 완벽한 수단."

장평은 그 사실을 잘 알고 있었다. 다름 아닌 장평 본인이 흑검객의 전인을 자처하여 미흡한 출신 성분을 세탁할 생각이었기 때문에.

"그리고 나는 내 적을 경시하지 않소. 내가 떠올릴 수 있는 것을 혼돈대마가 생각하지 못했으리라고는 생각하지 않소."

"무슨 소리지?"

"기연으로 인한 혼란. 그리고 기연을 얻은 신진 고수

들의 대두. 이 상황이야말로 마교의 첩보원을 무림에 잠입시키거나 마교의 협력자에게 잘 세탁된 기연을 전달할 수 있는 절호의 기회란 뜻이오."

장평의 말을 들은 순간, 동부용은 배신감과 놀라움이 뒤섞인 표정을 지었다.

"저를 마교의 첩자라고 의심했던 건가요? 하필이면 지금 하오문의 정보를 샀다는 이유만으로?"

"……."

"그래서 절 데리고 다녔던 건가요? 여차하면 죽이려고?"

장평은 동부용에게 눈길조차 주지 않았다.

바람 소리처럼 그녀의 말을 무시한 채, 오직 호로견자를 마주할 뿐이었다.

"호로견자. 나는 당신이 마교도라고 생각하진 않소. 마교도는 당신들 같은 모리배와는 전혀 다르지. 잘해 봤자 협력자 혹은 동업자로서 사무적인 관계만 맺고 있을 거요."

"어떻게 확신하지?"

"당신이 내 앞에 있으니까. 내가 아직 살아 있으니까."

장평은 호로견자를 바라보았다.

"내가 혼돈대마를 경계하듯이 혼돈대마 또한 나를 경계하니, 그가 개입할 기회가 있었다면 이번 기회를, 날 죽일 수도 있는 이 자리를 결코 놓치지 않았을 거요."

"그렇다면 날 믿어 주는 건가?"

"아니오."

장평은 냉담하게 말했다.

"당신은 마교와 협력했소. 아니면 거래했소. 어느 쪽인지는 모르겠지만 국법으로도, 무림의 불문율로도 죽어 마땅한 죄요."

호로견자는 차분히 말했다.

"나는 이용당했을 뿐일 수도 있잖나?"

"내게 당신의 무능함을 주장하지 마시오. 그건 나의 판단력을 모욕하는 일이니까. 당신이 정말 무능한 사람이었다면, 지금 이 자리에 있지도 못했을 거요."

"그럼 죽이면 되겠군."

호로견자는 느긋한 표정으로 말했다.

"날 죽이게나. 그리고 다음 하오문주를 만나서 그와 거래하게나."

느긋해진 그의 말과 표정에, 장평은 비릿한 미소를 지었다.

"이제야 말이 통하는구려."

"그래. 그렇네."

장평은 호로견자를 죽일 수 있었다.

하지만 호로견자가 죽으면, '하오문주'도 없어진다.

모리배들의 빈 왕좌를 차지하기 위한 싸움은 길고 치열할 것이었다. 그리고 새로운 하오문주가 조직을 완벽하게 통제하는 것에도 시간이 걸릴 것이다.

마교가 파고들 수 있는 시간이.

'타협이 불가능하다면 죽일 수밖에 없다.'

하지만 타협이 가능하다면 타협을 하는 편이 나았다.

장평은 타협이 불가능하다면 호로견자를 죽일 수도 있다는 것을 보여 주기 위해 녹염소와 좌완을 죽였고, 협력한다면 타협할 수 있음을 보여 주기 위해 호로견자와 대화했다.

그리고 지금, 호로견자는 장평의 의도를 완전히 파악했다. 자신이 고를 수 있는 선택지도.

"내게, 그리고 하오문에 뭘 바라나?"

"첩보부와 했던 합의를 지키시오. 잠입한 마교도 전원의 명단을 가져오고, 앞으로는 마교와 거래하지 마시오."

"마교는 내게 아주 많은 것을 주었네."

"당신 목숨이 걸린 일에도 흥정을 할 셈이오?"

장평의 저울추 위에는 호로견자의 목숨이 걸려 있었다.

"해야지. 흥정해야 하오문주지."

호로견자는 침착하게 무림의 앞날과 중화의 안정를 반대편 저울추에 올렸다.

"날 죽인 뒤에 벌어지는 혼란 속에서, 얼마나 더 많은 마교도들이 중원에 파고들 것 같은가? 지금처럼 첩보망의 태반을 하오문에게 의존해야 하는 상황에서, 하오문조차 마비되면 무슨 수로 그들을 걸러 내겠는가?"

양팔 저울이 출렁거렸다.

마침내 서로가 서로의 패를 모두 내놓았다.

결코 속내를 드러내지 않는 이들이 속내를 모두 드러낸 순간. 지혜와 계책들이 모두 길항(拮抗)하여, 상대방을 속일 방법도 필요도 없어진 순간.

드물기 짝이 없는 이 순간에, 두 거짓말쟁이는 마침내 꾸밈없이 진실해질 수 있었다.

"흐."

그것은…… 생각보다 편안한 일이었다.

"거, 늙은이가 돈 좀 벌게 놔두게."

"누가 돈 벌지 말랬소? 사람 좀 골라 가며 장사하라고 했지."

"손님을 고르면 장사가 되겠나?"

편안한 미소를 지으며 담소를 나누는 두 사람을 보며, 소연화는 혼란을 느꼈다.

아직 식지 않은 시체 둘이 그녀의 기루에서 뒹굴고 있었다. 좁게는 무림의, 넓게는 중화만민의 생사가 이들의 대화에 걸려 있었다.

그런데…….

'저들은 어떻게 저렇게 편안할 수 있단 말인가?'

그녀는 웃을 상황도, 기분도 아니었다.

'미쳤어.'

소연화는 깨달았다.

호로견자도, 장평도 정도(正道)에서 벗어난 외도(外道)임을. 그저 향하는 방향만 다를 뿐, 똑같은 부류임을.

장평은 느긋한 미소를 띤 채로 호로견자에게 말했다.

"접어야 할 건 접으시오. 그게 현명하오."

"그러길 바라면 줄 건 줘야지?"

"그건 나보다 높은 사람들과 논의하시오."

장평은 느긋한 표정으로 말했다.

"나도 월급쟁이에 불과하니까."

"그럼 내 안전보장은?"

"오늘 내 손에 죽진 않을 거요."

"그걸로는 부족한데."

"타산 없이 제국에 충성한다면 내외의 모든 이들에게서 안전을 보장해 주겠소."

장평은 덤을 얹어 주듯 말했다.

"물론 혼돈대마와 마교의 손에서도."

"내 목숨에는 신경 끄게."

호로견자는 고개를 저었다.

"나는 감옥 속의 평화보다는 벼랑 끝에서 돈을 버는 게 좋으니까."

"그렇다면 앞으로는 좀 더 신중하게 움직이는 것이 좋을 거요. 명색이 하오문주란 양반이 이렇게 쉽게 낚여서야 쓰겠소?"

"함정을 파 놓고 걸렸다고 비웃는 건가? 그거 너무하는군!"

호로견자는 껄껄 웃었다.

장평 또한 마찬가지로 미소를 지었다.

"명성 속의 자네는 젊고 현명한 영웅이었지. 이렇게 노회하고 음험한 자인 줄 알고 있었다면 안 낚였을 걸세."

호로견자는 너털웃음을 지으며 말했다.

"그리고 나는 앞으로는 절대 자네에 대해 오판하지 않을 거고."

"얼굴을 또 보긴 쉽지 않겠구려."

"다시 볼 일은 없을 걸세."

호로견자 또한 평온한 표정으로 말했다.

"자, 내가 뭘 받을지는 윗선이랑 얘기한다 치고. 이번 일은 어떻게 수습하길 바라나? 조용하게? 아니면 시끄럽게?"

"시끄럽게 갑시다. 혼돈대마에게 압박도 하고 내 윗선에게 생색도 내야 하니까. 부하 중에 거슬리던 놈에게 덮

어쎄우시오."

"항마부를 움직일 건가?"

"항마부는 각본대로 칼춤을 출 거요. 작가가 누구인지
는 묻지 않고."

"그럼 각본은 내가 알아서 쓰지."

호로견자는 물었다.

"그럼 우리 얘기는 끝난 건가?"

"그 전에 한 가지."

장평은 차분히 말했다.

"소연화를 비롯한 화왕루의 그 누구도 해치지 마시오.
하오문에 남아 있건 탈퇴하건 상관없이."

"거래인가, 부탁인가?"

"거래요."

"뭘 줄 건가?"

"내 무관심."

호로견자는 비릿한 미소를 지었다.

"저 여자가 그렇게 소중한가?"

"나를 시험하지 마시오, 호로견자. 그게 현명하오."

"그래. 그렇지."

호로견자는 자신의 부하들을 내려다보았다.

"그건 확실하지……."

回生武士

3장

3장

호로견자는 자리에서 일어났다.

"이렇게 만난 것도 인연인데, 기념 선물이라도 하나 받겠나?"

"공짜라면야."

호로견자는 동부용을 힐끗 바라보았다.

"흑검객의 기연은 혼돈대마와는 무관하네. 전혀 다른 곳에서 들어 온 정보였지."

"출처는?"

"금교오라는 기연추적자였네. 평생 동안 흑검객의 기연을 쫓던 자였지."

"알겠소."

장평은 고개를 끄덕였다.

금교오라는 이름이 나온 것만으로도 모든 것이 짜맞춰졌다.

환경에 의해 역사가 바뀐 것이었다.

'금교오는 코앞에서 흑검객을 포기했군.'

이해 못 할 바는 아니었다.

수년 뒤에는 흑검객의 기연에 도착한다는 말은, 반대로 말하자면 지금까지의 수십 년 동안 헛수고만 반복했다는 뜻이었다.

기연에 대한 정보가 활황인 이 상황에서, 늦게나마 손절하고 새출발하겠다고 생각하는 것도 이상하지 않았다.

"우린 그걸 불확실한 정보로 분류했네. 물론 팔 때는 확실하다고 사기를 쳐서 팔았지만."

그러나 동부용에게는 젊음과 기연 추적자로서의 경험, 그리고 무엇보다도 하오문의 사기에 속아서 얻은 확신이 있었다.

몸도 마음도 지친 금교오가 하류 인생을 힘겹게 살아가며 수년에 걸려 풀어낼 난제를, 동부용은 단번에 뚫어 버린 것이었다.

"솔직히. 진짜로 흑검객의 후예가 나타났다는 얘길 듣고 나도 놀랐네. 겸사겸사 얼굴 좀 보러 온 것이기도 했지."

"그걸 왜 굳이 얘기해 주는 거요?"

"이대로 내가 떠나면 자네는 저 여자를 죽이겠지. 안 그런가?"

그 순간, 동부용의 얼굴이 굳어졌다.

하지만 장평의 낯빛은 변하지 않았다.

"자네는 그녀가 진짜 기연을 얻은 것인지, 아니면 기연으로 신분을 세탁한 마교도인지 확신할 수 없겠지. 적어도 이번 달 안에는."

장안에 첩보망이 끊겨 있다는 사실은 하오문주가 더 잘 알고 있었다. 따라서 장평이 그녀의 신분을 확인할 방법이 없다는 것은 쉽게 짐작할 수 있었다.

"하지만 그녀는 우리들 사이의 대화를 모두 들었지. 비사(祕史)여야 할 이 거래의 내막을 아는 위험인물을 살려 두는 것은 너무 위험하다고 판단하겠지. 마교도일 가능성이 절반 정도는 있는 사람이라면 더욱 그러할 테고 말이야."

"그걸 굳이 말해 주는 이유가 뭐죠?"

이를 악문 동부용의 질문에 호로견자는 친절한 말투로 말했다.

"자네들의 인연이 비극으로 끝나는 것을 두고 볼 수는 없었네. 어쨌건 자네들은 몸도 마음도 통한 사이 아닌가?"

"안 어울리게 사람 흉내 내지 마시오."

장평이 냉소했다.

"당신이 원하는 것은 동부용이 내게 원한을 품게 만드는 것임을 잘 아니까."

"……."

"무고한 그녀를 일방적으로 속인 내가 양심의 가책을 느끼기를. 그래서 그녀에게 항변조차 제대로 하지 못하고 난처한 상황을 겪을 것을 기대하는 걸 잘 아니까."

"내가 왜 그러겠나? 난 자네에 대해 아주 잘 아는데?"

호로견자는 미소를 지었다.

악의 섞인 지혜만으로 암흑가의 정점에 오른, 악의의 정점다운 교활하고 음험한 미소를.

"자네는 어떤 난처한 상황이라도 잘 헤쳐 나갈 수 있으리란 것을 말이야."

불화의 씨앗을 던져둔 채, 호로견자는 밤의 어둠 속으로 사라졌다.

그리고 번화한 화왕루에는 세 남녀가 남았다.

두려워해 마땅할 자들의 진면목을 마주한 겁에 질린 기녀와, 몸과 마음을 열었던 사내에게 가장 냉정하게 배신당한 여자.

그리고…… 장평이.

먼저 입을 연 것은 장평이었다.

"소연화."

장평은 조용히 말했다.

"들었겠지만, 당신은 이제 자유요. 하오문에 속하는 것도, 그냥 평범한 기루로 돌아가는 것도 당신 스스로 정하시오."

"저는 무림명숙이신 장평 대협의 보호 아래 있으니까요?"

"그렇소."

"그렇다면 가르쳐 주세요. 어떻게 하면 이런 상황에서 멀어질 수 있는지."

소연화는 넋이 나간 얼굴로 시체가 나뒹구는 화왕루를 바라보았다.

"제가 뭘 어떻게 하면 당신이나 호로견자 같은 부류의 사람들에게서 조금이라도 멀어질 수 있는지를요."

"벗어날 수 없소."

장평은 솔직히 말했다.

"나와 같은 부류의 사람들에게서 자유롭지 못한 것은 나 또한 마찬가지니까."

"저는 당신이 수라장을 헤쳐 나가는 사람인 줄 알았어요."

소연화는 탄식하며 걸음을 옮겼다.

"당신이야말로 수라장을 일으키는 사람인 줄 알았어야

했는데……."

이제 장평과 동부용만이 남았다.

장평은 건조한 목소리로 말했다.

"동 소저는 이제 어쩔 셈이오?"

"제가 뭘 할 수 있죠?"

"동 소저가 원하는 모든 것."

"제가 원하는 것이라."

동부용은 희미한 미소를 지었다.

"제가 제일 알 수 없는 것이네요."

"동 소저는 자유요."

"그게 문제예요. 제가 자유라는 것이."

동부용은 흑검을 어루만졌다.

"제 손목을 잡았을 때. 지금까지 계속 절 의심했다는 사실을 깨달았을 때. 당신의 부드러운 손길이 떠올랐어요. 아무것도 모르고 당신을 의지하고 고마워했던 저를 비웃고 있었을 것을 생각하니 도저히 참을 수가 없어서 당신을 베어 버리고 싶었어요."

"……."

"그렇지만 이제는 당신에게 복수하는 것 또한 또 다른 악당의 차도살인지계(借刀殺人之計)에 놀아나는 것이라는 사실을 알아 버리고 말았지요."

동부용은 복잡한 표정을 지었다.

"전⋯⋯ 모르겠어요. 제 마음이 맞는지, 제 생각이 맞는지도 모르겠어요. 제가 느끼는 배신감도, 당신의 사죄를 받아들이고 의지하고 싶어지는 마음도 누군가의 책략에 휘둘린 것이라면 제가 정말로 원하는 것이 무엇인지 어떻게 알 수 있겠어요?"

"어려울 것 없소. 스스로를 마주하시오."

장평은 손을 내밀었다.

"내가 당신을 돕겠소."

"싫어요."

"동 소저."

"제가 뭘 원해야 하는지는 모르겠지만, 뭘 싫어해야 하는지는 알게 되었어요."

동부용은 차분히 말했다.

"저는 더 이상 당신이나 호로견자 같은 자들에게 휘둘리고 싶지 않아요. 제가 무슨 생각을 해야 하는지 고민하고 싶지 않아요."

"강호는 도산검림이고, 이 시대는 난세요. 홀로 걷는 것을 권하지 않소."

"알아요. 그러니 당신의 이름을 우산처럼 쓰고 다닐 거예요. 당신의 명성은 제 강호행에 있어 흑검이나 흑영순살검보다도 더 유용한 도구일 테니까요."

동부용은 잔잔한 미소를 지었다.

"전 당신을 절대 용서하지 않을 거예요. 속죄할 기회조차도 주지 않을 거예요. 목구멍에 걸린 가시처럼, 계속 당신의 기억 속에서 씁쓸한 후회로 남아 있을 거예요."

장평은 깨달았다.

순진하던 기연 추적자 동부용은, 그와 몸을 섞고 마음을 나누었던, 장평의 가슴에 얼굴을 기댔던 소녀는 이제 없다는 것을.

흑검지주 동부용은 '한 걸음'을 내딛었음을.

장평이나 호로견자, 혼돈대마 등이 뒹구는 무저갱의 밑바닥. 그 진흙탕 속에 빠져들었음을.

그리고 다른 무엇보다도…… 이미 늦었음을.

"그렇구려."

장평은 담담히 말했다.

"다른 사람을 이용하는 법을 배웠구려."

"좋은 스승을 둘이나 두었으니까요."

흑검을 허리에 찬 동부용은 밤의 어둠 속으로 걸음을 옮겼다.

"당신은 제게서 아무것도 가져가지 못할 거예요. 흑검도, 용서도. 그리고……."

동부용은 잠시 주저했다.

장평은 그녀가 주저했다고 믿고 싶었다.

"……제 마음도요."

그리고 장평은 홀로 남았다.

장평은 화왕루에서의 마지막 술잔을 기울였다.

승리를 자축하는 축배였다.

어찌 대승리가 아니겠는가?

혼돈대마의 작전. 하오문과 거래해 무림에 첩자들을 잠입시키려는 마교의 작전을 사전에 봉쇄했는데.

"……."

장평은 술잔을 내려놓았다.

                        *   *   *

장대명은 더 이상 잠든 척을 하지 않았다.

불을 켜고 책을 읽으며 장평이 귀가하기를 기다리고 있었다.

"왔느냐?"

"예."

장대명은 담담한 표정으로 말했다.

"술을 많이 마셨구나."

"예."

"피도 보았고."

"예."

"마셔야만 하는 술이었느냐?"

"예."

"봐야만 하는 피였느냐?"

"예."

장대명은 깨달았다.

그의 아들이 해야만 했던 일을 마쳤음을.

장대명이 직접 캐묻지 않는 한, 결코 내막을 알 수 없을 일을 마치고 돌아왔음을.

그래서 장대명은 그가 모르는 곳에서 무슨 일이 있었는지 묻지 않았다.

장안에 퍼져 있던 묘한 긴장감도, 간밤에 은밀히 움직이는 수상한 이들에 대해서도.

그리고 동행했던 동부용이 어디에 있는지도 물어보지 않았다.

그저 차분히 아들을 바라볼 뿐이었다.

"떠날 것이냐?"

"예."

"그래. 그렇구나."

장대명은 장평의 어깨에 손을 얹었다.

"모든 것이 끝난다면, 돌아오겠느냐?"

장평은 장대명을 바라보았다.

잠시, 아주 잠시 그의 눈동자가 흔들렸다.

그러나 그것도 한순간.

장평은 조용히 답했다.

"……예."

그렇게, 길고 길었던 장안의 밤이 끝나는 순간이었다.

아무 일도 없던 평범한 하루가.

* * *

어느 조용한 호변.

죽립을 쓴 한 사람이 낚싯대를 드리우고 앉아 있었다.

평범한 촌로. 그 이상도 이하도 느껴지지 않는 모습이었다. 옷은 낡았고 여기저기 기웠으며, 주름진 피부는 햇빛에 찌든 적동색이었다.

죽립 아래로 보이는 희끗희끗한 백발까지.

누가 보아도 늙어 소일거리 겸 밥벌이를 하는 노인처럼 보였다.

아마 안목이 뛰어난 절정고수가 보더라도, 어지간히 안력을 집중하지 않으면 그를 평범한 촌로 이상으로 여기지 않으리라.

그리고 그것이 바로 그 노인, 혼돈대마의 특기인 변신(變身)이었다.

환골탈태와 유가도인술, 그리고 여러 가지 기예를 더해 완성한 완벽한 의태.

그런 혼돈대마의 등 뒤에 한 사내가 천천히 다가왔다.

"낚시는 잘되십니까?"

"아니. 전혀."

혼돈대마는 피곤한 표정으로 말했다.

"뜻대로 되는 일이 하나도 없구나."

"운이 따르지 않을 때도 있는 법이지요."

"나는 계획의 성패를 두고 운을 논할 정도로 미신적인 사람은 아니다."

혼돈대마는 한숨을 내쉬며 말했다.

"그러느니 내 무능함이나 적의 유능함을 인정하는 것이 현실적인 판단이지."

"어느 쪽이 더 문제라고 생각하십니까?"

"적의 유능함."

혼돈대마는 담담한 목소리로 말했다.

"장평의 판단은 비정상적일 정도로 신속하고 정확하다. 그는 판단할 근거가 부족한 상태에서도 결론을 낼 수 있고, 그 결론이 정확하기까지 하지. 마치 앞날을 아는 사람처럼."

비정상적인 결과를 맞이한 사람답지 않은, 더없이 객관적인 판단이었다.

"혼돈대마께서는 스스로를 현실적인 분이라고 자처하지 않으셨습니까?"

"현실적으로 판단할 뿐이다. 장평이 비현실적인 수준의 직관력을 가지고 있음을."

"……그렇군요."

잠시 침묵하던 사내는 물었다.

"……그렇다면, 어찌하실 생각이십니까?"

"예상할 수도, 대처할 수도 없는 적을 상대해야 한다면, 방법은 하나뿐이다."

혼돈대마는 낚싯대를 거두었다.

휘어 있는 낚싯바늘 대신, 꼿꼿이 서 있는 바늘을 달아둔 낚싯대를.

"판을, 그리고 규칙을 바꾸는 것뿐."

"그럼 결심을 하신 겁니까?"

"그래. 결정했다."

혼돈대마는 수면에 손을 넣었다.

그 순간.

우웅!

강렬한 파동이 호수를 타고 흘렀다.

잠시 뒤, 물속의 모든 생명체들이 죽어 둥둥 떠올랐다.

수평선 너머까지 펼쳐진 드넓은 호수의 모든 생명체가.

"사망곡으로 가라. 본 교의 비의(秘意)를, 진실을 마주해라."

그리고 크고 작은 사체들 속에는 대롱을 물고 물속에 숨어 있던 사람 또한 섞여 있었다.

무림맹의 첩보원이었다.

그러나 그는 혼돈대마를 감시하던 자가 아니었다. 혼돈대마를 만나러 온 사내를 배후에서 지원하던 자였다.

"격산타우(隔山打牛)의 기예가 비견될 자가 없는 경지에 이르셨군요."

사내가 차분히 말하자, 혼돈대마는 불쾌한 표정을 지었다.

"나는 칭찬받는 것을 좋아하지 않는다. 칭찬은 교만을 부르고 교만은 실수를 부르는 법이니까."

"사실을 전했을 뿐입니다."

"그래. 사실이긴 하지."

사실, 충격파(衝擊波)야말로 혼돈대마의 특기 분야이기 때문이었다.

"네가 무림맹의 첩자라는 것이 사실이듯이."

"그걸 알고 계시면서도 저를 사망곡으로 보내시는 겁니까?"

"태어난 땅을 정할 수는 없어도, 삶의 방식은 정할 수 있는 법. 네가 본 교를 삼킬지, 아니면 본 교가 너를 삼킬지 확인해 보자꾸나."

혼돈대마는 의미심장한 미소를 지었다.

"무림맹의 주구, 백리흠이여."

처억!

장평이 경계하던 세 사람 중 하나.

화평부의 백리흠은 포권을 했다.

"……존명."

의미심장한 미소와 함께.

* * *

장평이 북경으로 돌아올 무렵에는 하오문에서 이미 사태를 정리한 다음이었다.

보고를 위한 무림맹의 밀실 안.

"하오문주가 무림맹에 공식적으로 고발장을 보내왔다."

미소공주는 장평을 바라보며 말했다.

"이번 풍문 사태를 이용해 잠입한 마교의 첩자들은 물론, 그 풍문 사태의 주모자가 누구인지도."

"누구랍니까?"

"협박의 두목(頭目). '좌불안석'이라고 하더군."

하오문은 덩치를 불리기 위해 모인 범죄자의 느슨한 연맹. 문주가 철두철미 통제하는 일반적인 무림방파와는 목적도, 권력 구조도 정반대였다.

각각의 분야를 지배하는 실권자인 열 명의 두목들 중에서 가장 유능한 사람을 하오문주로 내세우는 조직이었다.

현 하오문주인 '호로견자'는 사기 분야의 두목. 반대로 말하자면, 사기를 제외한 다른 분야의 두목이 독자적인 활동을 해도 간섭하기 힘들다는 말이었다.

"호로견자는 좌불안석이 마교와 손을 잡은 것도 몰랐고, 자신도 눈치채지 못한 음모를 단번에 파악한 파사현성 장평 대협의 지모에 크게 감복했다더군."

"호로견자가 제 허명 위에 거짓 명성 하나 더 얹어 놨군요."

"파사현성의 명성은 이미 하늘을 찌르는데, 한두 가지 더한들 무슨 차이가 있지?"

농담 같은 내용이었지만, 두 사람은 조금의 미소도 짓지 않았다. 사실을 사실로서 다룰 뿐이었다.

"일단은 네 요청대로 움직임을 맞춰 주었다. 금의위가 조사에 착수했고, 추살조가 좌불안석을 쫓고 있다. 이미 잠입한 마교의 첩자들은 항마부가 제거하는 중이지. 하오문주의 자료대로 말이야."

"예."

"그래서 진실은?"

미소공주도, 장평도 잘 알고 있었다.

저 고발은 거짓말이라는 사실을.

"하오문주가 범인입니다."

장평은 결코 무림에 밝혀질 일 없는 '진실'을 보고했다.

"그를 살려 두는 대신 마교도의 명단을 넘겨받는 거래를 했습니다. 이 기회를 살려 자신의 정적에게 죄를 뒤집어씌운 모양입니다."

"왜 하오문주를 살려 두었지?"

"현 상황에서는 첩보 공백을 감당할 여유가 없다고 판단했습니다."

미소공주도 납득하고 고개를 끄덕였다.

"현실적인 판단이다."

첩보원의 부족은 무림맹의 첩보 책임자인 그녀가 더 잘 알고 있기 때문이었다.

"그럼 하오문주는 믿을 만한 사람인가?"

"전혀 아닙니다."

장평은 담담히 말했다.

"호로견자는 두려움을 모르고, 양심도 없습니다. 오직 이해득실에 따라 움직이는 모리배이니, 더 큰 보수를 제공하면 언제든지 마교와 다시 손을 잡을 수 있습니다. 이번 거래의 결과조차도 세심하게 살펴야 합니다."

"무림에 잠입한 마교도 중에 일부는 남겨 두었을 수도 있다는 건가?"

"분명히 그랬을 겁니다."

장평은 차분히 말했다.

"하오문주 입장에는 마교에게도 어느 정도 성의는 보여 줘야 하니까요. 자기 목숨을 위해서도, 이후의 거래를 위해서도요."

"마교가 가장 들여보내고 싶었던 놈들. 가장 위험한 놈들은 들어올 거라는 얘기로군."

"분명히 그럴 겁니다."

장평은 물었다.

"그에 대비해서 조사할 인력을 할당할 수 있겠습니까?"

"너도 알겠지만, 전수조사는 불가능하다."

무림은 본래 기이한 곳이라, 기연을 얻은 이들은 한둘이 아니었다. 하오문이 기연을 위장으로 이용했다 해서, 기연을 얻은 모든 이들을 의심하고 조사할 수는 없었다.

"특히 의심스러운 자들을 추려 보겠습니다."

"알겠다. 최소한의 인력이라면 지원해 주지."

미소공주는 차분히 말했다.

"장평."

"예."

"나는 혼돈대마의 움직임에 대처할 수 없다. 알고 있겠지?"

"예."

혈조대마는 책략가로서는 정통파에 속했다.

최대한 많은 정보를 입수하고 큰 그림을 그리는 자. 상황을 완벽하게 통제하며 상대방을 완전히 옭아매는 정통파 책사였다.

그리고 미소공주 또한 그와 동류.

혈조대마와 미소공주의 싸움은 이를테면 바둑 같은 것이었다. 서로가 몇 수 앞을 내다보고 대비했는지를 겨루는 수싸움.

그리고 혈조대마는 미소공주를 이겼다.

혈조대마가 목숨을 잃은 것은 그의 책략이 틀려서가 아니었다. 장평이라는 변수, 회귀자라는 반칙이 판을 엎었기 때문이었다.

"하지만 혼돈대마는 판을 짜지 않는다."

기책(奇策)과 심리전의 전문가 혼돈대마는 혈조대마와는 달랐다. 바둑판을 바라보지 않는다. 판세와 정황을 다루지 않는다.

그저 바둑판 너머에 앉은 사람을 상대할 뿐.

"그러니 나는 그를 대비할 수 없다."

미소공주가 아무리 바둑에 능해도 상관없었다. 혼돈대마는 바둑판이 아닌 미소공주를 상대하는 것이니까.

혼전을, 난전을, 혼란을, 분란을 만들어 내어 아무리

완벽한 작전이라도 뒤흔들 테니까.

"결국 대처해야 하는 것은 너다."

예측 불허의 '변수'인 장평은 혼돈대마가 어떤 혼란을 만들어 내건 그 혼란을 돌파해 혼돈대마 자신을 찌를 수 있었다.

첩보원으로서 다져진 신속한 판단력과 변칙적인 발상, 그리고 무엇보다도 회귀로 인한 '장평'의 지식과 정보 덕분에.

"최선을 다하겠습니다."

"최선은 무의미하다. 승리만이 필요할 뿐."

"압니다."

지나친 요구였다. 하지만 장평은 미소공주를 원망하지 않았다.

그녀가 서 있는 곳 또한 최전선. 장평과 마찬가지로, 실패해선 안 되는 위치에 서 있기에.

"얌전히 숨죽이던 놈들이 고개를 내밀고 있다. 무림은 물론이고, 궁 내외의 모략가들도."

그것도 무림과 제국이라는 두 거산을 작고 둥근 어깨 위에 얹은 채로 말이다.

"무림맹의 첩보부를 보충하기 위해, 동창과 금의위의 인력을 너무 많이 차출해 온 탓이겠지요."

"그래."

미소공주는 지친 표정으로 말했다.

"이제와서 생각해 보면, 악양에서 첩보원을 맞교환한 것은 실수였던 것 같군."

무림과 제국의 가장 큰 적이 마교임은 분명했다. 그러나 마교를 제외하고도 모리배와 모략가들은 천지에 넘쳐 흐르고 있었다.

"공주님, 저는……."

장평이 뭐라고 말하려 하자, 미소공주는 장평의 말을 끊었다.

"맹주님이 너를 기다리고 계신다."

미소공주는 조용한 목소리로 말했다.

"가서 뵙도록 해라."

"……예, 공주님."

포권을 한 장평이 걸음을 옮겼다.

미소공주는 장평의 뒷모습을 바라보았다.

그녀가 믿고 의지하고 싶은, 그러나 믿을 수 없기에 의지할 수 없는 사내의 뒷모습을 지치고 쓸쓸한 눈빛으로 바라보았다.

"……믿을 수 있다면 좋았을 텐데."

그리고 그녀의 앞에 또 다른 누군가가 걸어 들어왔다. 잘생기고 세련된, 호감 가는 인상의 중년인이었다.

"잠입에 성공했습니다."

"그래."

미소공주는 조용히 고개를 끄덕였다.

"너를 믿겠다. 백리흠."

십만대산에의 잠입에 성공한 첩자.

백리흠은 미소를 지었다.

* * *

무림맹의 맹주실은 언제나처럼 너저분했다.

탁자 위에 두 발을 올린 용태계는 느긋한 표정으로 손을 흔들었다.

"오래간만일세, 장평 아우."

장평은 정중하게 예를 표했다.

"중재과의 장평이 맹주님을 뵙습니다."

"쳇."

용태계는 투덜거리며 말했다.

"얘기 들었네. 한 건 했다더군."

"운이 좋았습니다."

"운이라."

용태계는 피식 웃었다.

"마교도들이 들으면 분해서 피를 토하겠군."

"그래 주면 저야 좋지요."

좋은 마교도는 죽은 마교도. 그렇다면 스스로 죽어 주는 마교도야말로 가장 좋은 마교도가 아니겠는가?

"오늘은 무슨 일로 부르셨습니까?"

"무공 얘기도 있고, 개인적인 얘기도 있고. 뭐부터 듣겠나?"

"무공 얘기부터 듣지요."

용태계는 넌지시 말했다.

"기연이 있었다고 들었네."

"예."

장평은 숨기지 않았다. 숨길 수도, 숨길 필요도 없는 사람이었으니까.

"아버지의 도움을 받아 독문무공을 창안했습니다."

"보여 줄 수 있겠나?"

"예."

장평은 우문검을 펼쳤다.

보기만 해도 맥이 빠지는, 느리고 둔탁한 일검이었다. 잠시 침묵하던 용태계는 흥미롭다는 표정을 지었다.

"발상이 참 재미있군."

"예."

빠름과 예리함은 누구나 추구하는 바였다.

그러나 장평의 검은 굳이 느리고 둔함을 취했다. 필요하다면 언제든지 빠르고 예리해질 수 있다는 확신을 바탕으로 택한 느림과 둔함이었다.

"빠름과 느림, 둔함과 예리함, 단순함과 교묘함, 그리고 허초와 실초까지. 마주하는 자는 다가오는 일격과 뻗어 나갈 수 있는 수많은 가능성 모두를 마주해야 하니, 가히 상승 무공이로구나."

용태계는 미소를 지으며 말했다.

"자네 무학의 경지가 이 정도라면, 대종사(大宗師)를 자처해도 되겠어."

"과찬이십니다."

그러나 우둔검의 가능성을 알아본 용태계의 안목은 한계 또한 놓치지 않았다.

"자네보다 빠른 자에게는 통하지 않겠지만."

"……예."

우문검은 기본적으로 두 가지를 전제로 하여 짜인 무공이었다.

상대보다 똑똑할 것. 그리고 상대보다 빠를 것.

장평의 머리는 교활하고 민활했다. 그리고 장평의 몸은 환골탈태와 동인하초 덕분에 민첩하고 날렵했다.

비슷한 무위의 적수라면 말이다.

"만약 자네가 너보다 압도적으로 강한 자."

모든 것을 꿰뚫어 보는 현기 어린 용안(龍眼)이 장평을 향했다.

"예를 들면 나를 상대해야 한다면, 그때도 우문검으로 날 제압할 수 있겠나?"

"없을 겁니다."

무책임하다면 무책임한 대답.

"그래?"

용태계가 실망스러운 표정을 짓기도 전에, 장평은 차분히 말했다.

"그때는 다른 방법을 찾아야겠지요."

"그도 그렇군."

장평의 대답에, 용태계는 쓴웃음을 지었다.

"내가 우문(愚問)을 했구먼."

대개의 무림인은 하나의 무공을 갈고닦아 무적의 경지에 오르곤 했다.

하지만 무공에 자신을 맞추는 무인이 있다면, 자신에게 맞는 무공을 만드는 무인도 있는 법.

장평은 후자였다.

우문검은 상승 무공이었지만, 그 또한 장평이 가진 수법 중 하나에 불과한 것도 사실이었다.

"자네는 무(武)를 휘두르는 사람이지, 무에 휘둘리는 사람이 아닌데."

애초부터 용도와 방향성이 다른 우문검을 다른 상승 무공들과 같은 기준으로 판단하는 것이 잘못된 일이었다.

"스스로 용도와 한계를 알고 있다면, 더할 것도 뺄 것도 없겠군. 자네의 우문검은 천의무봉(天衣無縫)한 상승무공일세."

용태계는 짓궂은 표정으로 말했다.

"물론 자네의 후인이 이거 익히고 운용하려면 머리가 터지겠지만 말이야."

"후인이라……."

흔하다면 흔한 단어였지만, 장평 본인이 대상이 되고 보니 참으로 낯선 단어였다.

"생각 안 해 봤나? 자네도 슬슬 후계자를 생각해 둬야지."

"제자를 두기에는 이르지 않습니까?"

"확실히 제자를 두기에는 이른 나이이긴 하지."

용태계는 짓궂은 미소를 지으며 말했다.

"하지만 결혼해서 가정을 이루기엔 적당한 시기 아닌가?"

"결혼이라……."

그 또한 낯선 단어였다.

장평은 백면야차를 죽이는 것 이외의 어떠한 것도 생각하지 않았기 때문이었다.

"결혼도 아직 생각 안 해 봤나?"

"예."

"잘됐군."

"뭐가 잘됐다는 겁니까?"

여동생을 가진 오빠는 느긋한 표정으로 말했다.

"자네, 미소랑 결혼하지 않겠나?"

* * *

장평은 미묘한 표정을 지었다.

"……우리가 아는 그 미소공주를 얘기하시는 겁니까? 무림맹 첩보망의 총책임자이자, 황제 폐하의 숙모인 미소공주요?"

"그래. 내 막냇동생을 얘기하는 거 맞네."

장평은 주저하다 말했다.

"생각해 본 적이 없습니다."

"미소가 싫은가?"

"저는 미소공주를 존경합니다. 하지만……."

장평의 머릿속에, 악양에서 들었던 말이 떠올랐다.

〈거짓말쟁이.〉

바람 소리라고 착각할 수도 있을 정도로 흐릿하던 한마디 속삭임을.

"결혼을 할 정도의 사이는 아니라고 생각합니다."

"그런가."

용태계는 장평의 말에 묘한 울림이 깃들어 있음을 깨달았다. 그 둘은 쉽사리 논하기 힘든 관계라는 것을.

　"혼례를 강요하지는 않을 걸세. 하지만 나도, 황제 폐하도 두 사람이 혼례를 올리는 것을 바라고 있다는 것은 기억해 뒀으면 좋겠네."

　"하지만 저는 아직⋯⋯."

　"물론 자네는 무림인이지."

　용태계는 장평의 말을 끊으며 말했다.

　"일반적인 부마와는 환경도 입장도 다르다는 것도 이해하고 있으니, 자네가 축첩(畜妾) 혹은 중혼(重婚)을 한다 해도 황실의 예법으로 간섭하지는 않을 걸세."

　장평은 차분히 말했다.

　"남궁 소저를 염두에 두고 하신 말입니까?"

　"서수리나 동부용, 그리고 포섭할 수 있다면 홍수대마도. 그 밖에도 자네와 몸이나 마음이 통하는 여자라면 얼마든지 거두어도 되네."

　전직 황태자이자, 현직 황백부. 최고위 황족으로서 정략결혼에 익숙한 사내는 말했다.

　"어쨌건 우리로서는 자네가 우리 편이라는 '안전장치'만 있으면 되는 거니까."

　"⋯⋯지금 당장 대답해야 합니까?"

　"아니. 그건 아니네."

"그렇다면 시간을 갖고 생각해 보겠습니다. 저도 지금 껏 생각하지 못한 일인데다가……."

장평은 자리에서 일어났다.

"……혼례란 저 혼자서 정할 일이 아니니까요."

"그래. 시간을 갖고 생각해 보게."

용태계는 넌지시 말했다.

"황제 폐하께서 자네를 신뢰하고 싶어 하신다는 사실 까지 포함해서 말이야."

*　*　*

"후……."

맹주실에서 걸어 나오며, 장평은 한숨을 내쉬었다.

전혀 생각해 본 적 없는 점이었다.

후계자도, 결혼도, 그리고…….

'황실이 나를 경계하는 건가?'

……미소공주와의 정략결혼도.

이해 못 할 바는 아니었다. 장평은 너무 유능했고, 반 대로 운신이 너무 자유로웠다.

장평을 무림맹에, 그리고 제국에 헌신하게 만드는 것은 오직 그 자신의 판단뿐.

장평이 마음을 달리 먹으면, 극단적으로 말해서 역심을

품거나 마교도가 되면 억제할 방법이 없었다.

'내 마음에 걸어 둘 목줄이 필요한 거겠지.'

장평이 지금껏 적들에게 입힌 피해를 감안하면 경계할 법도 했다.

만약 장평이 제국의 적이 된다면, 그가 무림과 제국에 입히는 피해가 얼마나 클지는 측량조차 불가능할 테니까.

'여러모로 생각해 보자.'

어쨌건 황제의 '신뢰'를 얻기만 하면 되는 것 아니겠는가?

꼭 미소공주와 정략결혼을 해야 한다는 법은 없었다. 그리고 만약 미소공주와 정략결혼을 해야 한다 하더라도, 황명보다는 좀 더 부드러운 방법도 있을 것이다.

'시간이 필요한 일이다.'

해야 할 일은 해야 할 일이고, 할 수 있는 일은 할 수 있는 일이었다.

'지금 만나야 할 사람은 셋.'

화선홍과 남궁연연, 그리고…… 술야.

장평은 하늘을 바라보았다.

아침부터 보고한 덕분에, 아직 해는 중천이었다.

'화선홍부터 보러 가야겠군.'

걸음을 옮겼을 때, 화선홍은 드물게도 의원으로서 일하는 도중이었다.

그는 안색이 파리한 환자를 진맥하며 침을 놓고 있었다. 본래 성질이 더럽고 화도 잘 내는 그였지만, 이 환자 앞에서는 온화한 미소로 친절하게 진료했다.

'별일이 다 있군.'

장평은 방해하지 않고 조용히 서서 지켜보고 있었다.

"제기랄!"

빠각!

진료를 마치고 환자를 돌려보낸 화선홍이 분을 삭이지 못하고 양동이를 걷어차 박살 낼 때까지.

장평은 놀랐고, 뒤늦게 장평을 발견한 화선홍도 흠칫 놀랐다.

"……봤나?"

"그렇소."

"못 볼 꼴을 보였군."

화선홍은 침울한 표정을 짓고 있었다.

나름 오랫동안 알고 지낸 장평으로서도 처음 보는 모습이었다.

장평은 조심스럽게 물었다.

"무슨 일이오?"

"환자야. 치료할 방법이 없는 불치병 환자."

화선홍은 우울한 목소리로 말했다.

"물어물어 나한테까지 왔는데, 나조차도 해 줄 수 있는 것이 없는…… 시한부 목숨의 환자…….”

“…….”

단순히 고통받는 사람에 대한 불쌍한 마음을 넘어, 의원으로서의 무력감과 의학자로서의 패배감까지 느껴지는 모양이었다.

화선홍은 패배감 섞인 울분을 토해 냈다.

“눈앞에 환자가 있는데, 왜 치료할 방법은 없단 말인가?! 하늘은 왜 사람에게 병에 걸리게 하면서도 치료할 방법은 주지 않는가?!”

그는 손에 닿는 것들을 부수고 걷어차며 울분을 토했다.

“진정하시오. 기물들을 때려 부순다 해서 환자에게 무슨 도움이 된단 말이오?”

장평이 그를 진정시켜야 할 정도였다.

“분노로 소모할 기력이 있다면, 그 기력으로 연구를 하는 것이 낫지 않겠소? 지금은 없는 치료법을 만들기 위한 원동력으로 삼는 것이 낫지 않겠소?”

“……그래. 그것도 그렇군.”

화선홍은 이를 악물었다.

“나는 의학자이니 내가 연구해야지. 의원인 내가 치료해야지. 환자에게 공감하고 위로하는 것은 주변 사람들도 대신할 수 있으니까.”

길게 탄식한 화선홍은 치밀어 오르는 열기를 마음 깊은 곳으로 꾹꾹 눌러 담았다. 묻어 둘 수는 있어도 결코 사라지지는 않을 울분을.

"무슨 병이오?"

"희귀한 전염병이다. 의원들은 수면병(睡眠病)이라고 부르는 정체불명의 전염병."

"증상은?"

"잠이 많아진다. 아무 때나 잠들고, 아무 때나 일어나지. 발작도 일어나고. 그렇게 시름시름 앓다가 몇 년 안에 죽게 되고."

　장평이 침착하게 묻자, 화선홍도 점점 의원으로서의 침착함을 되찾아 갔다.

"성정이 거칠어지고 지능이 떨어지는 증상도 있는데, 아마 이건 수면병 자체의 증상이라기보다는 수면 장애로 인한 합병증인 것 같더군."

"어디에 어떻게 문제가 생긴 거요?"

"모르겠다. 짐작조차 가지 않아."

　화선홍은 이를 악물었다.

"그리고 그게 문제야."

"수면에 문제가 생긴 거라면, 뇌에 문제가 생긴 것이 아니오?"

"당연히 우리도 확인해 보았지."

"우리가 누구요?"

"오방곤이나 담철, 금모신의 같은 의학자들. 서로 방향성이 다르긴 하지만, 최고의 의학자들이야."

"당신이 최고라고 할 줄 알았는데."

"근골이나 내공에 대해서는 내가 최고지. 하지만 역병은 오방곤이 제일이고 탕약은 담철이 최고야. 금모신의는 이국의 의술에 능하고."

"전부 처음 듣는 이름이구려."

"무림인들은 병에 잘 안 걸리니까."

무림인들은 우수한 근골과 건강한 생활, 그리고 무엇보다도 내공 덕분에 질병이나 전염병에 강했다.

설령 불치병이라 하더라도 환골탈태라는 최후의 수가 있었고.

"만약 질병이 아니라면⋯⋯."

장평은 잠시 생각에 잠겼다.

"감염일 가능성은 없소?"

"감염?"

"그렇소. 기생충 같은 것 말이오."

'장평'은 백면야차가 심은 절명고독을 달고 살았고, 장평은 절명고독을 막아 내기 위해 동인하초를 이식했다.

해충이냐 익충이냐의 차이일 뿐, 기생충과 함께하는 삶. 장평이 기생충을 제일 먼저 떠올린 것은 이상한 일은 아니었다.

"기생충?"

그러나 비웃고 넘어갈 줄 알았던 화선홍은 의외로 깊은 생각에 잠겼다.

"기생충이라……."

한참 동안 생각하던 그는 고개를 끄덕였다.

"한번 연구해 봐야겠군."

"문외한의 말이오. 너무 깊게 듣지 마시오."

"아냐. 의외로 가능성이 있는 말이야."

화선홍은 차분히 말했다.

"수면 장애라면 일단 뇌를 의심해 봐야 하는데, 뇌에 문제가 없다면 몸에 영향을 주는 어떠한 외부 요인이 있다고 봐야지. 더운 지역에서만 발병하는 풍토병이라 오방곤은 역병의 일종이라고 추정하던데, 역병치고는 환자가 너무 오래 살아."

화선홍의 가설은 말하는 사이에 점점 다듬어지고 있었다.

"확실히 가늘고 길게 악화된다는 병세의 특성상, 기생충이나 기생형 고독(蠱毒)일 수도 있어. 특정 지방에만 자생하는 생물이라고 생각하면 풍토병이라는 특징도 설명이 되고. 무엇보다도……."

화선홍은 장평을 바라보았다.

정확히는 장평의 목에 심긴 동인하초를.

"신경에 뿌리를 내리고 반응속도를 증강시키는 기생충이 있다면, 역으로 뇌로 올라가 영향을 주는 기생충도 있을 수도 있겠지."

화선홍은 마음을 굳혔다.

"당성진이라고 했던가? 사천당가 놈이 항마부에 들어왔었지? 안 그래도 고독으로 고생했던 놈이라고 하니, 그놈을 불러다가 연구 좀 해 봐야겠다."

화선홍은 의지, 아니, 투지를 불태우고 있었다. 미지의 불치병에 반격할 수 있다는 가능성에 의원의 피가 끓어오르는 모양이었다.

"기생충이 아닐 수도 있지 않소?"

"기생충이 아니라면 기생충이 아니었다는 결론을 낼 수 있겠지. 그리고 그 또한 결실이고."

의학자 화선홍은 단언했다.

"성공도, 실패도 지식이니 오직 포기만이 패배일 뿐. 마음이 꺾이지 않는 한 의학의 진보는 멈추지 않는다."

장평은 문득 그의 모습에서 낯익은 누군가를 떠올렸다.

〈내 학문은, 내 세계관은 결코 부서지지 않아. 내가 아는 모든 것이 틀렸다 해도, 나는 결코 꺾이지 않아.〉

건곤대나이가 중력에 대한 무공이라는 것을 말하던 밤,

남궁연연은 저런 눈빛을 했었다.

〈틀렸다는 것을 안다면 다시 시작하면 되니까.〉

장평은 쓴웃음을 지었다.

'학자들은 참으로 강인한 사람들이구나.'

생각과 감정을 정리한 화선홍은 그제야 장평을 바라보았다.

"바쁘냐?"

"아니오. 그렇진 않소."

남궁연연은 언제든지 만날 수 있었고, 술야는 밤중에나 볼 수 있었다.

딱히 바쁠 것은 없었다.

"그럼 조금만 기다려. 생각 좀 정리하고 몇 자 적어 놓고 다시 올게."

"그러시오."

장평이 이런저런 생각을 하며 시간을 때우는 동안, 누군가가 다가와 말을 걸었다.

"오, 장 형."

항마부의 복색을 입은 척착호였다.

"음. 척 형이 아니시오?"

내색하지 않았지만, 장평은 흠칫 놀랐다.

그리고 척착호가 자신을 놀라게 했다는 사실에 더욱 놀랐다.

'기척을 못 느꼈다.'

척착호가 다가올 때까지 전혀 눈치채지 못했기 때문이었다.

그가 굳이 은잠술이나 귀식대법을 펼치며 올 필요도 없으니, 장평이 기척을 느끼지 못할 이유는 단 하나.

"못 본 사이 얼마나 강해지신 거요?"

척착호의 무공이 높아진 것뿐이었다.

놀라움을 애써 감춘 장평의 차분한 질문에, 척착호는 대수롭지 않은 표정으로 말했다.

"얼마 전에 절정고수가 되었소."

그가 이미 장평을 앞질렀다는 사실을.

* * *

장평은 말문이 턱 막히는 것을 느꼈다.

'절정고수? 그사이에?'

분명 장평이 마지막으로 볼 때까지만 해도 그는 내공이 거의 없는 이류 무사였다.

'저번에 봤을 때는 분명히 이류 무사였는데?'

하지만 장평이 고향에 다녀오는 사이에 어느새 장평을 앞질러 간 것이었다.

'나도 기연은 받을 만큼 받았는데…….'

인맥으로 벌어들인 영약들과 용태계가 베푼 벌모세수 덕분에, 장평의 성장 속도도 비상식적으로 빨랐다.

내공이 쌓이는 속도가 너무 빨라서 신체 기관이 적응할 시간이 필요할 정도였다.

그런 장평을 추월해 절정고수가 되다니.

"척 형은 대체 무슨 수련을 겪었기에 그런 경지에 오르셨소?"

"맞았소."

"그냥 맞는 것만으로 강해진 거요?"

"그냥 맞은 것은 아니었소."

척착호는 싱글싱글 웃으며 말했다.

"내공을 실은 타격을 아주 많이 맞았소."

"그게 끝이오? 영약이나 벌모세수 같은 건 없었소?"

"벌모세수는 내 몸이 알아서 해 놨더구려. 그리고 내공이야 얻어맞기만 하면 쌓이는 건데 값비싼 영약을 굳이 먹을 이유가 있소?"

너무나도 비상식적인 그의 말에, 장평은 할 말을 잃었다.

'이게 바로 천생신무구나.'

수라장을 거쳐 완성된 정신에, 백전연마의 전투 경험으로 다져진 실전 무공. 거기에 타격을 내공으로 흡수하는 외력적충지체까지.

척착호는 배우고 익히고 수련해야 하는 무림인들과는 종(種)이 다른, 싸우면 싸울수록 강해지는 투신이었다.

'겨우 십 년 만에 무림지존이 되는 것이 아니구나.'

'장평'이 보았던 것은 척착호가 재능을 만개한 것이 아니었다. 오히려 그 반대였다.

'전생의 그는 천생신무를 제대로 파악하지 못했기에 십 년이나 걸렸던 것이구나.'

외력적충지체의 내공 흡수를 활용하기 위해서는 날붙이를 쓰지 않는 타격전을 유도해야 했다.

그러나 척착호는 군인으로서의 습관 때문에 날붙이를 애용했고, 그 때문에 타격전이 벌어지는 일이 적었던 것이었다.

특히 무기를 드느냐 마느냐의 차이가 매우 큰 하급 무사들의 막싸움에서.

'자신이 무슨 재능을 갖고 있는지 알았다면 역사가 바뀌었을 텐데.'

하기야. 누가 알 수 있겠는가?

고금을 통틀어 단 한 명뿐인 체질인데.

"어쨌건, 장 형에게는 큰 빚을 졌소."

척착호는 장평의 마음을 아는지 모르는지 호방하게 말했다.

"언제 어디서건 내가 도울 일이 있다면 주저 말고 부르시구려!"

"그리하겠소. 반드시."

그때, 화선홍이 자신의 방에서 나왔다.

척착호를 본 그는 쓴웃음을 지었다.

"아, 불청객 때문에 손님이 겹쳤군."

"나는 바쁘지 않소. 후일 다시 오겠소."

"됐네. 어차피 둘 다 시간 오래 안 걸리니까."

화선홍은 척착호의 몸 여기저기를 짚어 보더니 말했다.

"음. 단전은 아직 여유가 많이 남았고, 신체 기관들이 내공에 완벽하게 적응하고 있군. 이대로 계속 내공을 쌓아도 될 거다."

"감사합니다, 의원님."

"자, 그럼 앞으로도 계속 두들겨 맞아라. 가능하면 내공을 담은 걸로."

"예."

척착호는 포권을 하고 척척 걸음을 옮겼다.

이번에는 장평의 차례였다.

화선홍은 장평의 몸 여기저기를 짚어 보더니 말했다.

"음. 네 몸도 내공에 대한 적응이 끝났어. 이제 깨달음만 얻으면 절정고수야."

"알겠소."

"왜 그리 반응이 심드렁해? 내공도 없던 이류 무사가 고작해야 일 년 만에 절정고수를 눈앞에 두고 있는 건데?"

"아니, 그냥……."

장평은 척착호의 뒷모습을 바라보며 말했다.

"절정고수가 생각보다 대단한 것이 아닌 거 같아서 그렇소."

화선홍은 피식 웃었다.

"기회가 되면, 작년의 너한테 그 소리 꼭 해 줘라."

* * *

밤은 일렀고 낮은 끝나 가고 있었다.

노을을 등지고 걷다 보니, 어느새 익숙한 장소에 도착해 있었다.

문을 두드리니 그리운 목소리가 들려왔다.

"장평? 장평이야?"

남궁연연. 서책부 고서각의 주인이자, '장평'의 유일한 벗. 그리고 장평의…….

'나의…….'

그녀는 장평의 무엇일까?

친구? 아니면 연인?

장평이 잠시 주저하는 사이, 드르륵 소리와 함께 문이 열렸다.

남궁연연이 활짝 웃으며 장평을 향해 몸을 던졌다.

"왔구나!"

장평은 무의식적으로 남궁연연의 몸을 받아 안았고, 예전과는 다르다는 사실을 느꼈다.

"예전보다 무거워졌구려."

장평은 짓궂은 미소를 지으며 말했다.

"살쪘소?"

"뭔 헛소리야! 성장한 거지!"

남궁연연은 발끈하며 외쳤다.

확실히 명치 근처였던 예전에 비해 눈에 띄게 자라 있었다. 단순히 키만 커진 것이 아니라, 전체적으로 성장해 있었다.

예전의 그녀가 작은 몸의 '소녀'였다면, 지금의 그녀는 작은 몸의 '여자'였다.

"봐 봐! 쇄골까지는 한 뼘밖에 안 남았어!"

그리고 장평은 남궁연연이 쇄골을 말한 이유를 기억하고 있었다.

〈약속해. 여기까지 닿으면, 나도 여자로 대해 주기로.〉

장평은 웃으며 남궁연연을 바라보았다.

"연형법 수련을 열심히 했나 보구려."

"응. 매일매일 했어. 쭉쭉 자라려고 아침저녁으로 했어."

남궁연연은 활짝 웃으며 말했다.

"두고 봐. 다음 봄이 오기 전에 쇄골까지 클 거니까."

"기대하겠소."

장평은 시치미를 떼며 말했다.

"그런데 쇄골까지 크려는 이유가 뭐요?"

"쇄골까지 크면 날 여자로 봐 주기로 했잖아! 그러니까 내 키가 네 쇄골까지 크면……."

남궁연연의 활기차던 얼굴에 어두운 그림자가 드리워졌다.

"내 키가 네 쇄골까지……."

남궁연연은 장평을 올려다보며 말했다.

"내 키가 네 쇄골까지 닿도록 크면……."

들뜨고 활발하던 목소리는 어느새 착 가라앉았고, 해맑던 얼굴에는 세속의 씁쓸함이 겹쳤다.

"우리의 관계는…… 어떻게 될까……."

장평은 조용히 물었다.

"남궁세가에서 소저에게 무슨 얘길 했소?"

"네가 지금 짐작하는 바로 그 얘기."

"나와 결혼하라는 얘기요?"

"……그래."

장평 주변의 여자들 중에서 가장 가까운 사람은 남궁연연이었다. 미소공주는 지위가 너무 높은 데다가 불신이라는 앙금이 있었고, 다른 여자들은 각자의 입장상 장평과 길게 가기 힘든 사이였다.

결국 가장 무난한 혼처는 남궁연연이었다.

유일한 문제였던 천형의 신체도 연형법으로 해결되었으니까.

"아버지에게 편지가 왔어. 가능한 한 빨리 너를 유혹해야 한다더라."

그리고 남궁세가는 장평을 자신들의 세력으로 끌어들일 수 있는 기회를 낭비할 이유가 없었다.

"네가 미소공주랑 결혼하고 나면 나는 잘해 봤자 첩이 될 거라고."

황제와 용태계가 미소공주를 장평과 정략결혼을 시키려 한다는 것을 남궁세가에서도 짐작한 모양이었다.

"네 첩이 되기 싫다면, 내가 먼저 너랑 결혼해서 미소공주를 둘째 부인으로 만들어야 한다고 하더라. 신분을 넘어서는 건 순서밖에 없다고."

지극히 정략적인 계산이었다.

남궁연연은 씁쓸한 표정을 지었다.

"처음부터 끝까지 네 얘기만 가득한 편지였어. 네가 얼마나 가치 있는지, 너와 혼인하려면 어떻게 해야 하는지,

네게 어떤 지원을 해 줄 수 있는지 등등. 작전 계획서 같은 편지였지."

"남궁 소저."

"그런데 그 긴 편지 속에 나에 대한 얘기는 하나도 없더라. 키가 얼마나 컸는지, 건강은 어떤지. 학문의 경지가 얼마나 깊어졌는지도 전혀 묻지 않더라⋯⋯."

남궁연연은 장평에게 몸을 기댔다.

"우리가 어쩌다가 이렇게 된 걸까."

아직 쇄골까지는 한 뼘 정도 남은 얼굴을 장평의 가슴에 묻었다.

"어쩌다가 내가 널 옭아매는 족쇄로 쓰이게 된 걸까."

그녀는 장평의 허리를 끌어안았다.

"난 그냥 너랑 학문 얘기하는 것이 좋았는데. 너한테 아는 척하는 것이 즐겁고 너에게 도움이 되는 것이 기뻤는데. 그냥 그런 시간이 영원하면 좋겠다고 생각했는데⋯⋯."

장평의 머릿속에 그녀와 보냈던 시간들이 떠올랐다. 남궁연연은 대부분의 시간 동안 말하고 있었고, 말하는 시간은 대부분 우쭐거리고 있었다.

그 시간은 참으로 소중했었다.

남궁연연이 즐거워하고, 장평이 편안함을 느꼈던 그 시간들은.

그래서 장평은 마음을 굳혔다.

"남궁소저. 만약……."

"하지 마."

남궁연연은 나직이, 그러나 단호하게 말했다.

"무슨 말을 하려고 했든 지금은 하지 마. 우리의 관계를 바꿀 만한 말이라면. 지금의 너와 나로 돌아갈 수 없게 만들 말이라면, 그게 무슨 말이건 하지 마."

"……괜찮겠소?"

"그냥 당분간은 이렇게 있어 줘. 나는 너한테 잘난 척을 하고, 너는 내 얘기를 들어 주는 그런 사이로."

남궁연연은 장평의 쇄골을 어루만졌다.

"네 쇄골이 내 이마에 닿을 때까지만이라도 말이야."

"알겠소."

장평은 조용히 고개를 끄덕였다.

"하지만 이것만은 말하게 해 주시오."

"뭘?"

"남궁 소저와 만나게 된 것은 내 인생에서 가장 잘한 일 중 하나요. 훗날의 우리가 어떤 사이가 되건, 그것만은 변하지 않을 거요."

남궁연연은 얼굴을 찡그렸다.

쿵.

장평의 가슴을 머리로 들이받은 그녀는 토라진 표정으로 말했다.

"그런 입발림을 다른 여자한테도 해?"

"하오."

장평은 미소를 지으며 남궁연연의 머리를 쓰다듬었다.

"다른 사람에게는 이보다는 덜 진솔하게, 좀 더 계산적으로 말하긴 하지만."

"흥."

남궁연연은 미소를 지었다.

"들어가자."

그녀는 고서각의 문을 잡았다.

"우린 할 얘기가 아주 많으니까."

고서각은 변함이 없었다. 조용하고, 오래된 책 특유의 냄새가 났다. 그리고 집처럼 아늑했다.

남궁연연은 헛기침을 했다.

"그럼 이제 건곤대나이의 해석에 대해 물어볼 차례겠지?"

"어떻게 되었소?"

남궁연연은 난처한 미소를 지었다.

"좋은 소식이랑 나쁜 소식이 있는데, 뭐부터 들을래?"

"좋은 소식부터 들읍시다."

"건곤대나이 비급에 대한 해석이 끝났어."

"생각보다 빠르게 진도가 나갔구려."

"제일 어려운 건 '상식'의 벽을 넘는 거였지. 한번 선을 넘은 뒤에는 할 만하더라."

장평은 솔직히 놀랐다.

"그럼 이제 익힐 수 있는 거요?"

"그게 나쁜 소식인데……."

남궁연연은 난처한 표정으로 말했다.

"이 무공은 미완성이야."

"비급의 일부를 덜 보낸 거요?"

"아니. 건곤대나이라는 무공 자체가 미완성이라고."

남궁연연은 담담히 말했다.

"건곤대나이는 처음부터 완성될 수 없는 무공이었어."

* * *

잠시 생각하던 장평은 물었다.

"혹시 화두(話頭)를 말하는 거요?"

무림에는 가끔 있었다. 자세히 설명하고 지도하는 대신, 깨달음에 닿을 수 있는 질문만을 던져둔 채 답은 스스로 참오(參伍)하여 얻어 내야 하는 수련법이.

주로 정신적인 깨달음을 중시하는 도가나 불가에서 애용하는 방식이었다.

"아니. 이건 그런 종류의 미완이 아니야. 무림인들이 일찍이 보지 못한 종류의 미완이야."

남궁연연은 고개를 저었다.

그녀는 미리 생각해 뒀는지 주저 없이 장평에게 물었다.

"네가 어떤 가설(假說)을 세운다고 쳐. 예를 들면 내공으로 물을 끓일 수 있을지 같은 거. 그럼 그걸 확인하는 가장 쉬운 방법은 뭐겠어?"

"직접 해 보는 것."

장평은 담담하게 말했다.

"실제로 내공으로 물을 끓여 보면 되지 않겠소?"

"그래. 네 가설을 검증하는 제일 쉬운 방법은 실제로 확인해 보는 거야. 실험(實驗)에 성공한다면, 그 가설이 올바르다는 것을 증명하는 거니까."

남궁연연은 조용히 말했다.

"그리고 건곤대나이는 실험 방법이야."

"무공이 아니라는 거요?"

"아니. 건곤대나이라는 무공은 존재해."

장평이 묻자, 남궁연연은 고개를 저었다.

"하지만 그건 '건곤대나이'라는 가설을 검증하는 실험 방법으로서 만들어졌을 뿐이지."

장평은 깨달았다.

"건곤대나이라는 무공이 실제로 구현된다면, '건곤대나이'라는 가설이 옳다는 것을 검증할 수 있다는 말이오?"

"그래."

장평은 경이감을 느꼈다.

"역발상이구려."

무(武)는 천지의 모든 기술과 학문들을 흡수하여 발전해 나갔다. 야금술이 빚어낸 무기들을 사용했고, 사람을 치유하기 위한 의술도 살인 기술로서 전용했다. 종교들의 '깨달음'과 '내공'마저도 무공의 일부로 만들었으며, 학자들의 '세계관'도 디딤돌로 삼았다.

그리고 그렇게 흡수한 것들 중 비효율적인 모든 것은 도태시키고 효율적인 것들만을 남겨 두었다.

장평 또한 무인. 강해지기 위해서라면 모든 지혜와 지식을 활용하는 것을 당연하게 여기고 있었다.

"학문이 무공의 소재가 된다면, 무공도 학문을 검증하는 수단으로 사용할 수 있겠지."

그러나 그 반대는 지금까지 생각해 본 적이 없었다.

무림은, 아니, 인세(人世)는 강자존.

강함은 모든 것을 얻을 수 있으니, 강해지는 것보다 좋은 것은 없었다.

부귀영화도, 권세도, 심지어 불로장생까지도 얻을 수 있었다.

그런데 대체 누가 학문을 연구하기 위해 무공을 만들고 익히겠는가?

그것도 이토록 난해한 상승 무공을?

"무공 건곤대나이가 가설 '건곤대나이'를 검증하기 위한 실험 수단이라는 것은 이해했소. 그렇다면 그 '건곤대나이'는 어떤 가설이오?"

"중력."

"전에 들었던 말 같소만."

"아니. 지구가 우리들을 끌어들이는 힘을 중력의 예시로 든 거고, 가설 '건곤대나이'는 거기서 한 걸음 더 나아간 개념이야."

"그게 뭐요?"

"만유인력(萬有引力). 우리가 느끼지 못할 뿐, 모든 물체는 중력을 가지고 있다는 가설이야."

남궁연연은 차분히 말했다.

"그리고 무인들의 초자연적인 인지력. '세계관'으로서 그 만유인력을 증명하는 것이 마교의 실험이야."

장평이 떠올린 것은 용태계가 보여 주었던 풍경. 가능성의 세계였다.

깨달음은, 그리고 세계관은 볼 수 없는 것도 볼 수 있게 만들어 주었다.

그 순간, 장평은 등줄기에 소름이 돋는 것을 느꼈다.

"만약 내가 중력을 직접 볼 수 있다면, 그리고 만유인력이 정말로 천지만물 모두에 깃들어 있는 힘이고 내가 그것을 인지할 수 있다면……."

"하늘도, 땅도(乾坤) 움켜쥐어 크게 움직일 수 있겠지
(大挪移)."

그것은 그야말로 신과 같은 힘이었다.

세상에 흔들지 못할 것이 없고, 부수지 못할 것이 없으
니까.

장평은 깨달았다.

마교 최강의 마공 건곤대나이의 진짜 이름을.

"중력 조작(重力操作)."

그리고 그 이름을 감춘 이유도.

'오해(誤解)할 수도 있으니까.'

중력이라는 개념을 완전히 이해하기 전에 섣불리 선입
견을 갖게 되면, 제대로 된 이해에 방해가 될 가능성이
있으니까.

장평은 경이감 속에서 주변을 돌아보았다.

"책에도 중력이 있는 거요?"

"그래."

"책장에도 중력이 있는 거요?"

"그래."

"공기에도? 촛불에도?"

"그래."

법열(法悅)에 몸을 떨렸다. 장평은 지금 깨달음을 맞이

하고 있었다. 그의 경험과 감정, 지식과 인식 모두가 뒤엉켜 하나의 관점(觀點)이 빚어지고 있었다.

"소저와 내게도?"

장평은 중얼거렸다.

"우리는 서로를 끌어당기고 있는 거요?"

"그래."

남궁연연은 미소를 지으며 말했다.

"그게 중력이 맞는지는 모르겠지만, 너는 분명히 내 마음을 끌어들이고 있어……."

관점이 생겨나자, 점점 보이기 시작했다.

모든 것들은 이어져 있었다. 서로가 서로에게 영향을 주고 있었다. 멀어지려는 힘들과 합쳐지려는 힘들이 상쇄되고 있었다.

장평은 발을 들어 올렸다.

중력이, 대지가 그를 빨아들이려는 힘이 느껴졌다. 그러나 그와 반대로, 장평이 발을 들어 올리는 힘. 다리 근육이 내는 힘이 그 중력을 이겨 내는 것도 느껴졌다.

'보인다.'

장평의 관점으로 세계가 '보여지고' 있었다.

중력, 그리고 그 중력과 씨줄과 날줄로 엮여 나가는 힘(力)들로 짜이는 천과도 같이.

장평의 세계관이 형성되려는 순간이었다.

그 순간.

⟨보여 줄게.⟩

용태계의 말이 그의 머릿속을 스치고 지나갔다.

조금 전에 보았던 책이.

중력으로서 만물과 연결되어 있던 책이 새로운 눈으로 다시 보였다.

책이 되기까지의 과정이, 책의 기원이 느껴졌다. 종이였을 때. 나무였을 때. 씨앗이었을 때.

동시에, 책의 가능성들이 보였다.

젖은 채로 썩어 가는 폐지가, 숭배와 경외의 성물이, 형제간에 물려받아 공부한 낡은 교과서가, 그리고 그 외의 모든 가능성이 보였다.

'……어?'

그리고 그 모든 것들이 뒤엉키기 시작했다.

장평은 뭔가가 잘못되었음을 느꼈다.

'안 돼.'

틀리지 않았다.

천마의 만유인력도, 용태계의 가능성도.

그저 장평이 이해하기엔 너무 거대했다.

장평의 사고 능력은 찻잔에 불과한데, 장강(長江)과 황하(黃河)의 모든 물이 밀려들고 있었다.

'넘친다……!'

장평은 절규하려 했다.

그러나 비명조차 나오지 않았다.

밀려드는 무지막지한 정보량에 비하면 장평의 자아는 티끌과도 같아, 감히 받아 들일 도리가 없었다.

'흐려진다…….'

장평의 눈앞이 캄캄하게 변했다.

너무나도 많은 정보들이 범람해, 피아(彼我)의 구분조차 할 수 없게 된 것이었다.

'멈춰야 한다.'

정보의 범람에 자아가 희석되어 가는 것을 느끼며, 장평은 신음했다.

'멈춰야…… 하는데…….'

그렇게, 장평은 자기 자신을 잃었다.

* * *

만취한 것처럼. 혹은 꿈결처럼.

인지능력이 마비된 상황에서 어렴풋이 무언가가 느껴졌다.

누군가가, 혹은 무언가가 자신의 머리에서 무언가를 덜어 내는 느낌이.

그리고…….

"……후."

피곤한 듯이, 혹은 실망한 듯이 나직한 한숨을 내쉬는 소리가……

분명히, 들렸다.

* * *

"……평! 장평!"

눈이 부셨다. 귀가 시끄러웠다.

흐릿하던 시야가 초점이 잡혔을 때, 장평은 자신이 의료용 침상에 누워 있음을 깨달았다.

그리고 장평의 머리맡에는 울상이 된 남궁연연이 장평을 내려다보고 있다는 사실도.

"의원님! 화 의원님!"

남궁연연은 장평이 눈을 뜬 것을 보고 빽 소리 질렀다.

"떴어요! 눈 떴어요!"

잠시 뒤, 피곤한 표정으로 다가온 것은 화선홍이었다.

"손 봐. 내 손 봐."

그는 손을 이리저리 움직이며 손가락을 딱딱 튕겼다. 장평의 눈동자가 화선홍의 손가락을 좇자, 그는 피곤한 표정으로 고개를 끄덕였다.

"시각, 청각, 인지능력, 언어능력은 확인했고. 말할 수 있나? 우리 이름은 기억해?"

"화선홍. 남궁연연."

화선홍은 피곤한 표정 그대로였지만, 남궁연연은 엉망이 된 얼굴로 오열하기 시작했다.

"다행이다! 다행이야!"

그러나 화선홍은 장평의 몸 이곳저곳을 눌러 보았다.

"촉각 확인."

그는 사무적인 태도로 말했다.

"몸은 뜻대로 움직이나? 움직여 봐. 안 움직이는 곳 있으면 말하고."

장평은 누운 채로 몸을 움직여 보았다.

"딱히 문제는 없는 것 같소."

"내공 일주천 해 봐."

"별문제 없소."

"그럼 일어나서 걸어 봐."

장평은 침상에서 일어나 걸음을 옮겼다. 그는 화선홍을 보며 물었다.

"왜 이렇게 호들갑을 떠는 거요?"

"호들갑? 호들갑이라고?"

그 순간, 옆에서 듣고 있던 남궁연연이 소리를 빽 질렀다.

"너 사흘 동안 혼절해 있었어! 머리의 모든 구멍에서

피랑 뇌수를 쏟아 내면서 죽어 가고 있었다고!"

"……사흘? 내가 사흘 동안 혼절해 있었다고?"

혼란스러워하는 장평을 보며, 화선홍은 피곤한 표정으로 말했다.

"너한테 물어보고 싶은 건 진짜 많은데, 일단은 내가 피곤해서 잠을 좀 자고 싶다. 간단하게 설명해 줄 테니까 질문하지 마."

"알겠소."

"무슨 일이 있었는지 모르겠지만, 네 뇌가 망가졌어. 너는 뇌사상태였고, 식물인간이 된 상황이었지. 나는 최후의 수단으로 네 뇌를 강제로 환골탈태시켜서 회복시켰어."

장평은 구양신공을 익힌 덕분에 부위별 환골탈태가 가능했다. 실제로도 단 한 기관을 제외한 모든 신체를 환골탈태한 상태였다.

뇌를 제외한 모든 부위를.

뇌는 사람의 생각을 다루는 곳. 티끌만 한 흠집이 생겨도 사람 자체가 바뀌기 때문이었다.

그러나 장평은 이미 뇌사 상태. 화선홍은 반쯤은 도박으로 장평의 뇌를 환골탈태시켰다.

화선홍이 장평의 주치의로서 그의 몸을 완벽히 숙지하고 있기 때문이었다.

"다른 데는 모르겠는데, 나도 뇌는 완벽히 아는 것이 아니야. 뭔가 잘못 건드렸을 수도 있으니까 시간을 갖고 잘 점검해 봐."

화선홍은 투덜거리며 말했다.

"무엇보다도 넌 뇌사 상태였다는 거 잊지 말고. 뭐 어디 잘못 건드렸다고 나한테 불평하면 죽여 버린다. 알겠어?"

"알겠소."

"그럼 나 자러 간다. 깨우면 죽여 버릴 거야."

화선홍은 자리에서 일어났다.

장평은 다급히 물었다.

"한 가지. 한 가지만 묻겠소."

짜증스러운 표정의 화선홍은 고개를 끄덕였다.

"딱 하나만."

"비몽사몽 중에 한숨 소리를 들은 기억이 있소. 당신이오?"

"한숨이야 진짜 많이 쉬었지."

화선홍은 투덜거렸다.

"연구 재료는 갑자기 듣도 보도 못한 참신한 방법으로 식물인간이 되었지, 옆에서는 너 살려 내라며 징징대지. 사흘 내내 잠도 못 자고 골머리를 앓았는데 어떻게 한숨을 안 쉬겠냐?"

"한숨을 쉬어 줄 수 있소?"

"후…… 너 지금 나랑 장난하냐?"

피곤함과 짜증이 담긴 말투, 그리고 한숨이었다. 하지만…….

'다르다.'

장평은 자신이 들었던 한숨이 화선홍의 한숨이 아니라는 것을 깨달았다.

남궁연연의 것도 아니라는 사실과 함께.

"난 자러 간다. 진짜로 죽기 싫으면 깨우지 마라."

화선홍이 물러나자, 장평은 남궁연연을 바라보았다.

"혹시 한숨을 쉬었소?"

"몰라!"

남궁연연은 빽 소리 질렀다.

"지금 그게 중요해?!"

울먹거리는 남궁연연은 장평을 끌어안았다.

"흐아아아앙!"

장평은 대성통곡을 하는 남궁연연을 끌어안고 등을 다독였다.

"나 때문에 죽는 줄 알았잖아…… 내 앞에서 죽는 줄 알았단 말이야…….”

"소저 잘못이 아니오. 진정하시오."

장평은 남궁연연을 다독이며 기억들을 점검해 보았다.

'만유인력과 가능성의 세계는…….'

기억과 감각들을 다시 떠올려 보아도, 별다른 특별함이 느껴지지 않았다. '깨달음'이 아닌 평범한 '지식'이 된 것이었다.

둘 다 장평의 세계관으로 빚어내는 데 실패한 것이었다.

다행이라면 다행이고, 불행이라면 불행이었다.

'어쨌건 다시 뇌가 타 버릴 일은 없겠군.'

장평은 자신의 다른 기억들을 이것저것 점검해 보았다.

예전과 똑같았다.

거의 모든 것이.

'태허합기공.'

그래서 장평은 혼란스러움을 느꼈다.

의문을 느꼈기 때문이었다.

'나는 대체 언제, 그리고 어떻게 태허합기공을 익혔지?'

지금까지는 의문을 느끼지도 못했던 의문을.

回生武士

4장

4장

그 후로 며칠간, 장평은 의학부 내에 머물면서 여러 가
지 검사를 받아야 했다.

"너랑 있으면 신기한 사례들을 참 많이 본단 말이야."

매일 쪽잠만 자고 일어난 화선홍은 피로와는 별개로 즐
겁고 활기차 보였다.

"생각으로 자기 뇌를 파열시키는 미치광이는 너밖에
없을 거야."

"그럴지도."

수면욕보다 지식욕이 앞선 의원은 킬킬거리며 웃었다.
그는 집중력이 허락하는 한 장평의 몸과 정신을 점검했
고, 쓰러지듯 잠들었다.

그리고 장평 또한 이런저런 생각에 잠겼다.

여러 가지 의문이 떠올랐지만, 가장 신경 쓰이는 것은 바로 태허합기공의 문제였다.

'없다.'

태허합기공에 대한 기억이 없었다.

언제 만들었는지도, 어떻게 만들었는지도.

'태허합기공은 내가 창안하기엔 너무 상승 무공이다.'

지금껏 태허합기공에 저항한 자는 아무도 없었다. 태허합기공에 걸려도 잘 싸우는 경우는 있었어도 무공 고하를 따지지 않고 모두가 태허합기공에 당했다.

초절정고수인 마교의 대마들까지도.

태허합기공은 장평이 아는 무공 중에서는 가장 이질적이고 가장 효과적이었다.

'가장 상식적인 경우는 암운일섬광처럼 다른 무공에서 일부만 가져왔다는 것인데…….'

문제는 아무리 생각해 봐도 '원본'이 될 만한 무공이 없다는 것이었다.

발상도, 원리도 너무 이질적이었다.

마치 다른 사람이 장평의 머릿속에 태허합기공을 심어놓은 느낌이었다. 의심조차 하지 못할 정도로 깊숙하게.

'모르겠구나.'

장평은 생각하는 것을 그만두었다.

결론을 내리기에는 정보가 너무 부족했다.

그는 다음 주제로 생각을 돌렸다.

'내게 대체 무슨 일이 벌어진 것인가?'

현상 자체는 이해할 수 있었다.

일전에 용태계에 의해서 가능성의 세계를 보다가 중단당했을 때와 마찬가지였다.

정보 과잉. 장평의 뇌와 이해력이 감당할 수 없는 규모의 정보가 밀려들었고, 결과적으로 파열된 것이었다.

'만유인력의 세계가 무한히 넓은 한 장의 종이라면, 가능성의 세계는 무한한 책장을 가진 무한히 두꺼운 책.'

그 둘은 나쁜 의미로 궁합이 잘 맞았다.

두 세계관이 겹친 결과, 장평은 삼라만상에 영향을 주고받는 것들이 가진 모든 가능성을 보게 된 것이었다.

그 정보량은 그야말로 무한.

사람의 인지력으로는 도저히 마주할 수 없는 것이었다.

'아마도 천마가 내게 원했던 것은 그 세계관을 갖는 것이었겠지.'

상승 무공인 건곤대나이를 수련하기 위해서는 이해해야 했다. 건곤대나이가 중력을 검증하기 위한 무공이라는 것과 중력의 개념을.

그리고 결국 장평은 천마가 바라던 대로 중력의 존재를, 만유인력의 세계관을 인지하게 되었다.

아마도 용태계가 미리 가능성의 세계관을 보여 주지 않았다면 무난하게 장평의 세계관이 되었으리라.

그리고 그 말은…….

'용태계는 내게 가능성의 세계를 보여 주었다. 아직 이해할 수 없을 때에도.'

용태계 또한 천마와 같은 의도였다는 것이었다.

용태계는 장평이 자신과 같은 시야로 세상을 봐 주기를 바라고 있었다.

그 자신이 직접 말하지 않았는가. 장평이 자신과 같은 세계관을 갖길 바란다고.

그러나 장평은 그 말의 진짜 의미를 이해하지 못하고 있었다.

'천마도, 용태계도 자신들의 세계관을 내게 복사하려 했던 거다.'

사흘 전, 세계관의 충돌을 겪기 전까지는.

'그리고 그들도 세계관이 충돌하는 것은 미처 예상하지 못했기에 이번 일이 벌어졌고.'

장평은 생각에 잠겼다.

'그들의 의도를 어떻게 생각해야 하는가?'

어찌 보자면, 선의라 할 수 있었다.

절정고수의 경지를 이룬 시점에서, 육체는 이미 완성의 경지에 이르렀다.

그럼에도 불구하고 절정고수들 사이에 무위 차이가 벌어진다면, 그것은 정신의 차이일 수밖에 없었다.

　완성도 높은 세계관은 더 높은 경지를 보장하는 법.

　무림지존의 세계관이나 천마의 세계관이나 무(武)의 정점에 닿는 것이 확실한 길이었다.

　'그런 의미에서는 선의라고 봐야겠지만…….'

　하지만 그 말은, 그들이 자신의 세계관을 장평에게 복제시키려 했다는 말이 되기도 했다.

　어찌 보면 세뇌나 마찬가지였다.

　그게 문제였다.

　'용태계가 날 이끌어 주려는 선의였다고 치면, 천마도 선의였다고 봐야 한다.'

　장평은 눈을 가늘게 떴다.

　'하지만 천마가 날 세뇌하여 이용하려 했던 것이라면, 용태계도 날 세뇌하려 했던 것이라고 보아야 한다.'

　최악의 경우, 용태계를 의심해야 할지도 모르는 사안이었다.

　'그토록 아름다운 세계관을 가진 사람을 의심해야만 한단 말인가?'

　의심만으로 의심하고 싶지 않았다. 의심만으로 의심할 수 있을만큼 가벼운 일이 아니었다.

　장평은 생각하는 것을 그만두었다.

이제 남은 것은 단 하나.

'어쨌건, 그 두 세계관들은 닫혔다. 나는 그 두 세계관을 가질 수는 없으리라.'

정보나 지식으로서 기억에 남기는 하겠지만, 깨달음을 얻을 수는 없을 것이었다.

'그래도 만유인력의 세계관을 보긴 보았으니, 어떤 형태로건 응용할 수는 있겠지.'

용태계가 보여 준 가능성의 세계는 우문검을 창안하는 토대가 되었다.

그렇다면 만유인력의 세계를 활용할 방법도 있으리라.

'어떤 형태가 될지는 아직 모르겠지만.'

장평이 고민하는 사이, 화선홍은 결론을 내렸다. 그는 퉁명스럽게 말했다.

"야, 이제 퇴원해."

"다 나은 거요?"

"내가 아는 선에서는."

장평은 쓴웃음을 지었다.

저 대답의 진짜 의미를. 그리고 화선홍이 퉁명스러운 이유를 알기 때문이었다.

"내게 문제가 있는지 없는지 현재의 의술로서는 알 도리가 없는 거구려."

"……그래."

의원으로서는 불쾌한 일이었다.

손쓸 방법은커녕, 환자인지 아닌지조차 모른다는 사실은.

"너는 그 누구도 보지 못한 것들을 보게 될지도 몰라."

하지만 의학자로서는 즐거운 일이기도 했다. 정보 과잉으로 인한 뇌의 파열, 그리고 세계관의 충돌은 장평이 최초로 겪는 일임이 분명하기에.

화선홍은 쓴웃음을 지으며 말했다.

"그게 네게 좋은 일인지 나쁜 일인지는 모르겠지만 말이지."

* * *

끝을 알 수 없는 어두운 동굴이 있었다.

그 어둠은 광원(光源)의 부재 때문이 아닌, 그 공간 자체가 스스로 어둡기를 택한 것처럼 느껴졌다.

화륵!

타오르는 횃불을 내밀어 보아도, 어둠을 몰아낸다는 느낌이 들지 않았다. 그저 애처롭게 저항하는 풍전등화처럼 느껴질 뿐이었다.

"두렵나?"

횃불을 든 백리흠에게 말을 걸어온 것은, 장정인 백리

흠조차 어린아이처럼 보일 정도의 거인이었다. 어둠처럼 검은 피부와 여러 가닥으로 땋은 머리카락을 늘어트린 이국의 거인.

집채만 한 거체는 무림맹, 아니, 중원 제일의 거인인 고대철과 비견될 정도였다.

하지만 싸움을 피하는 비전투원인 고대철과는 달리, 그는 도산검림을 헤치고 나온 백전노장임을 알 수 있었다.

갑주처럼 거대한 근육 위에는 셀 수 없을 정도의 상흔들이 새겨져 있었다. 베이거나 찔리거나 채찍 등에 얻어맞은 상처들.

대부분의 상처들은 그저 옅은 흔적만 남았지만, 어떤 것들은 깊고 지워지지 않을 상흔으로 남아 있었다.

마치 호랑이의 줄무늬처럼.

"두렵군요."

백리흠은 솔직하게 답했다.

"마교에 들어가는 것이 무서운지, 사망곡의 어둠이 무서운지, 아니면 흑암대마(黑巖大魔) 당신이 무서운 것인지는 잘 모르겠지만요."

흑암대마.

마교 서열 이 위이자, 가장 오래된 대마는 그 별호 그대로 검은 바위처럼 견고하고 투박한 인상의 거인이었다.

이국적, 아니, 이질적으로 생긴 그는 씨익 웃었다.

"내가 어떻게 생겼는지는 너보다 내가 더 잘 알고 있지."

밤의 어둠과 녹아든 검은 얼굴 속. 희고 가지런한 이빨은 기이할 정도로 눈에 띄었다.

"하지만 날 걱정할 필요는 없다. 네가 사망곡 안으로 들어가건, 아니면 포기하고 돌아가건 나는 널 방해하지 않을 테니까."

"그럼 뭘 두려워해야 합니까?"

"사망곡. 그리고 그 너머에 있는 것들."

백리흠은 어둠을 마주 보았다.

"한번 사망곡 안에 들어가게 되면, 너는 예전의 너로 돌아갈 수 없을 것이다. 지금껏 사망곡에 들어갔던 모든 이들이 그러하듯이."

흑암대마는 비웃듯이 말했다.

"그러니 돌아가고 싶다면 지금 돌아가라."

"한 가지만 물어봐도 되겠습니까?"

"묻는 것은 네 자유다. 하지만 답을 기대하지는 마라."

"제가 무림맹의 첩자라는 것은 다들 알고 계신 겁니까?"

"그래. 나를 비롯해서 앞으로 네가 만나게 될 사람들은 모두 다 알고 있지."

"그렇다면 얘기가 빠르겠군요. 저는 마교의 비밀을 캐

내려 왔습니다."

백리흠은 담담한 표정으로 말했다.

"파악하고, 분석하고, 파훼할 수 있도록이요."

"그럴 거라고 하더군."

"그럼에도 불구하고, 사망곡을 열어 주신 이유가 뭡니까?"

"필두 대마에겐 차기 교주 추천권이 있고, 혼돈대마는 그 권한을 썼다."

흑암대마의 황금빛 눈동자가 백리흠을 바라보았다.

"네 속셈이 뭔지는 중요하지 않다. 중요한 것은 너는 사망곡에 들어가도 된다는 것뿐이다."

흑암대마는 덧붙이듯 말했다.

"물론, 들어가지 않는 것도 네 권리지."

백리흠은 마음을 굳혔다.

"들어가겠습니다."

"그러냐."

흑암대마는 꾸러미 하나를 던졌다.

"이게 뭡니까?"

"식량과 물이다."

말린 과일과 건육 등등. 못해도 사흘치는 되는 식량이었다.

"사망곡은 사흘이나 걸어야 하는 겁니까?"

"글쎄다? 어쩌면 더 걸릴 수도 있지. 아니면 일다경도 안 되어서 도착할 수도 있고."

흑암대마는 씨익 웃으며 말했다.

"내가 너에게 해 줄 수 있는 충고는 단 하나. 너는 네가 아무것도 모른다는 것을 알아야 한다는 것뿐이다."

"……부지(不知)의 지(知)."

"알고 있군. 그럼 됐다."

흑암대마는 조용히 말했다.

"들어가라, 선택받은 자여. 사망의 음침한 골짜기를 홀로 걷도록 해라."

마음을 굳힌 백리흠은 꾸러미를 챙겨 들고 사망곡 안으로 들어갔다.

"자, 그럼……."

흑암대마는 비릿한 미소를 지으며 골짜기 바깥을 바라보았다.

"오너라. 불청객들아."

그 너머에서 수많은 무림인들이 모습을 드러냈다.

백리흠의 뒤를 따라온 자들.

마교의 입구인 사망곡의 입구를 공격하기 위해 파견된 무림인 연합군이었다.

"사갈(蛇蠍)의 무리들아."

흑암대마의 눈길이 향한 곳에는 복면과 두건으로 온몸

을 꼼꼼하게 가린 이들이 서 있었다.

"밀린 혈채(血債)를 거두러 왔다, 마두야."

사천당가의 정예 무사들이었다. 은혜는 두 배로, 원한
은 세 배로 갚는 그들은 마교로 통하는 길이 열린 이 기
회를 놓치지 않은 것이었다.

"네놈은 영원히 고통 받게 될 것이다. 네놈의 모든 피
부를 벗겨 내고 구더기가 네 온몸을 뜯어먹게 만들어 주
마."

"고통? 고통을 주겠다고 했느냐?"

흑암대마가 앙천대소하는 것과 함께, 안 그래도 거대한
몸에 검붉은 그림자가 휘감겼다.

"이제 더 이상, 누구도 내게 고통을 줄 수 없다. 그 누
구도!"

* * *

퇴원한 장평이 호출된 곳은 무림맹 혹은 황궁의 지하에
위치한 어느 밀실이었다.

미로 같은 긴 통로를 따라 들어가자, 낯익은 사람이 앉
아 있었다.

"부르셨습니까, 미소공주님."

미소공주는 건조한 말투로 말했다.

"네게 전달할 정보가 있어서 불렀다."

"무엇입니까?"

"백리흠이 사망곡으로 들어갔다."

장평은 미간을 찌푸렸다.

"괜찮겠습니까?"

마교는 중화의 대적(大敵). 시대가 바뀌고 왕조가 바뀌더라도 그 사실은 변함이 없었다.

지금껏 마교 내부로 잠입한 첩자들은 모두 변절하거나 제거당했다.

가장 가깝기로는 외도대마 현염이 있었다.

물욕도, 명예욕도 없는 소박한 구도자였던 그는 철두철미하게 변절하여 사문의 무공을 파훼하고 유목민들을 선동하는 공작을 수행했었다.

백리흠이 변절하지 않는다는 보장이 없었다.

"대비책은 있다. 그걸로 충분할지는 모르겠지만."

"뭡니까?"

"인질."

미소공주는 건조한 말투로 말했다.

"그에게는 아내와 자식이 있다. 둘 다 우리가 신병을 맡고 있지."

"현염의 경우를 참작한 겁니까?"

"그래."

현염은 소박하고 욕심이 없는 인물이었다. 오히려 그 때문에, 한번 마음을 돌리면 붙잡아 둘 방법이 없었다.

하지만 오욕칠정 중에서 사랑보다 독한 것은 없고, 혈육에 대한 사랑은 더더욱 끊기 힘든 법이었다.

"마교가 알게 되면 악용할지도 모릅니다. 처자는 안전한 곳에 있습니까?"

"천하에서 제일 안전한 곳에 있지."

"……황궁."

장평은 조심스럽게 물었다.

"황궁의 궁녀를 건드린 겁니까?"

"그래."

미소공주는 차분히 말했다.

"출타 중이던 궁내의 가인(歌人)과 눈이 맞아 배꼽을 맞췄다. 본래라면 국법으로 벌해야 할 일이지만, 맹주님의 중재로 사법 거래를 했다. 처자를 궁내에서 보호하는 대신……."

"……무림맹을 위해 일하기로."

"통제할 수 있는 자원은 가치가 있지. 유능하기까지 하다면 그 가치는 더욱 높아지고."

미소공주는 냉소적인 눈빛으로 장평을 바라보았다.

"안 그런가?"

"저도 동의합니다."

장평은 덧붙이듯 말했다.

"그래도 경계는 게을리하지 말아야 하겠지만요."

"그래."

장평은 건조한 말투로 말했다.

"맹주님께서 혼례 얘기를 꺼내시더군요."

미소공주는 눈을 가늘게 떴다.

"지금 내 의견을 묻는 건가?"

"확인해 둬야 한다고 생각했습니다."

"……."

잠시 침묵하던 미소공주는 말했다.

"삶의 방식은 다양하니, 사랑이 없는 부부도 있을 수 있 겠지. 하지만 신뢰가 없는 부부가 무슨 의미가 있을까?"

"다행이군요."

장평은 담담한 표정으로 말했다.

"저와 같은 의견이라서요."

"그런가. 다행인가."

숙련된 첩보원인 미소공주는 표정과 행동으로 감정을 드러내지 않는다. 그녀 스스로가 감추려 든다면 그 가면 은 완벽에 가까웠다.

하지만 그거면 충분했다.

감추고 있다는 것은 통제하고 있다는 것이고, 통제할 수 있다면 이성적이고 깔끔한 소통이 가능했다.

장평은 조용히 말했다.

"황실은 동창에 대해 얼마나 통제력을 발휘하고 있습니까?"

"그건 왜 묻지?"

"개인적인 궁금함입니다. 불안감에 가까운 궁금함이요."

장평이 직접 바꾼 일들과 그의 영향으로 바뀐 것들은 적지 않았다.

악양에서의 일 또한 그러했다.

흑검객의 후예였던 금교오는 탈락자가 되었고, 본래는 아무 관련 없었을 동부용이 흑검객의 후예가 되었다.

'장평'의 기억은 점점 어긋나고 있었다. 바로 현생의 장평 그 자신 때문에.

그러나 반대로 말하자면, 장평이 바꿀 수 없는 일이라면 그대로 일어날 가능성이 높다는 것이었다.

지금 장평이 가장 심각하게 생각하는 문제는 바로 황실이었다.

'황제 용균은 죽는다. 삼 년 뒤에.'

'장평'은 그 사실을 대수롭지 않게 생각했었다. 무림인에게 황제가 누구인지는 별로 중요하지 않거니와, 스물다섯의 '장평'은 한창 뒷골목에서 밥벌이를 위해 빌빌대던 시절이었기 때문이었다.

그러나 지금, 장평은 안다.

'무림인의 짓이 아니다.'

북경을, 그리고 황궁을 수호하는 무적의 수호신 용태계의 존재를.

'모략에 의한 시해다.'

장평이 확신하는 것은 다음 황제인 용견 때문이었다.

피휘(避諱). 황제의 이름에 포함된 단어는 함부로 쓰지 못하게 만드는 예법 때문이었다.

황위 계승권을 지닌 이들은 문제 때문에 잘 쓰이지 않는 글자를 쓰거나 아예 새로운 글자를 만들어 내곤 했다.

그러나 장평이 확인해 보니, 용견이라는 이름의 황족은 존재하지 않았다.

그 말은…….

'용견은 누군가가 새로 지은 이름이다.'

피휘되지 않은, 황위 계승권을 가지지 못한 자의 제위 등극. 황위 계승권을 가진 이들이 모두 죽었을 때만 가능한 일이었다.

'그 말은 황궁 안에 대규모 혈겁이 불었다는 것이고.'

하지만 북경에는 용태계가 있었다.

무력으로는 그 누구도 어쩌지 못하는 무적의 수호신이.

실제로 일전의 반란 당시, 수괴들은 마교에 거래를 제안했다. 용태계만 북경 밖으로 빼내 달라는 제안을.

그러나 마교는 그들의 뒤통수를 쳤고, 황실에 그 정보

를 그대로 제공했다.

그리고 그 결말은 깔끔한 실패였다.

'결국 삼 년 뒤에 일어나는 황궁의 혈겁은 용태계가 막을 수 없는 수단. 모략과 술수로서 행하는 혈겁일 수밖에 없다.'

그렇다면 당연히 의심할 수밖에 없었다.

모략에서 황궁을 수호하는 조직이자, 황궁에서 모략을 행하는 조직, 동창을.

"동창의 통제력은 확고합니까?"

잠시 침묵하던 미소공주는 말했다.

"……이론상으로는."

동창은 복마전. 음모와 모략의 조종(祖宗)인 황궁에서 음모와 모략 이외에는 할 수 있는 것이 없는 이들이 모인 조직이었다.

"이론상으로는 지휘권을 가진 동창 제독이 그들을 통제하지. 하지만……."

"동창의 요원들이 마음먹는다면 동창 제독 또한 얼마든지 속일 수 있다는 말이군요."

음모와 모략 그 자체가 되어 버린 이들이 무슨 속셈을 가지고 있는지는 아무도 알 수 없었다. 어쩌면 그들 스스로도 자신의 속셈을 모를 수도 있었다.

"첩보원은 유능할수록 신뢰할 수 없는 법. 동창 제독은 그들의 지휘권을 가지고 있는 것은 사실이나, 동창 제독은 황제 폐하에게 신뢰받는 자들이 임명된다는 것 또한 사실이지."

그렇기에 동창 제독은 능력보다는 충성심을 보고 뽑을 수밖에 없었다.

그 말은, 동창 제독이 동창에서 제일 유능한 사람은 아니라는 말이었다. 만약 동창이 술수를 부린다면, 동창 제독조차 통제할 수 없다는 말이기도 했고.

"하지만 동창은 근본적으로 호가호위(狐假虎威)하는 무리. 황실과 황궁이 없으면 존재할 수 없는 조직이다. 그들을 의심할 필요가 있을까?"

"그렇기에 더더욱 경계해야 하는 겁니다."

"왜지?"

"동창에게 필요한 것은 황제 폐하가 아닌……."

장평은 그늘진 얼굴로 말했다.

"……'황실'이니까요."

* * *

어두운 방이 있었다.

아주 오랫동안 버려져 있던 폐궁(廢宮) 중 하나였다. 한때는 화려했던 단청(丹靑)은 낡아 흐릿해지고, 깨진 기와들 사이로 흘러든 빗물은 들보도 서까래도 마룻바닥도 모두 썩어 문드러지게 만들고 있었다.

그리고 그 어둠 속에는 궁녀의 관복을 입은 여자가 앉아 있었다. 의녀(醫女) 전용의 청결한 복색을 갖춘 여자가.

"⋯⋯."

기다림은 오래되었다. 시간 감각이 흐려질 정도로. 여자는 지그시 눈을 감은 채 미동조차 하지 않았다.

"상앵."

여자가 눈을 뜬 것은 등 뒤에서 나지막한 목소리가 들려온 때였다. 그녀는 목소리가 들려온 방향이 아닌, 정면을 똑바로 바라보며 대답했다.

"예."

"반유."

"예."

"진홍서."

"예."

목소리가 부르고 있는 것은 여자가 한때 사용했던 가명들이었다. 그들이 오래전부터 여자를 주목해 왔음을, 그리고 그 누구보다 잘 알고 있음을 가르쳐 주는 것이었다.

그들의 방식으로.

"서수리."

가장 마지막으로 썼던 가명까지 불리자, 서수리는 조용히 대답했다.

"예."

"너는 나를 아느냐?"

"모릅니다."

"너는 네가 누구인지 아느냐?"

"모릅니다."

"너는 무엇을 하는지 아느냐?"

"모릅니다."

세 번 물었고, 세 번 답했다.

수많은 조사 끝에 이곳을 알게 되었고, 수많은 탐문 끝에 이 질문의 답을 얻었다.

그 답이 틀렸다면 무슨 일이 벌어지는지는 서수리도 몰랐다. 그저 어떤 질문을 받건 모른다고 답해야 한다는 사실밖에는.

정해진 절차를 모두 끝내자, 한 노인이 천천히 걸어 나왔다. 낡은 환관복을 걸친 늙고 꾀죄죄한 모습의 최하급 환관이었다.

주름살 때문에 표정을 읽을 수 없는 그는 서수리를 바라보며 말했다.

"너는 시험에 통과했다. 이로써 너는 저울에서 벗어나 저울추가 되리라."

"예."

"너는 많은 지시를 받을 것이다. 네가 이유를 알지 못할 지령들을. 그런 네게 한 가지 질문을 허용하겠다. 처음이자 마지막으로 얻을 수 있는 진실을."

서수리는 알고 싶은 것이 많았다.

말단 환관의 의복과 신분을 가진 노인에게 묻고 싶은 것이 많았다.

황제가 임명한 동창 제독보다도 강한 영향력을 가진, 동창의 실질적인 지배자에게.

그러나 그녀가 물을 수 있는 것은 하나뿐이었고, 그 질문 또한 시험의 일부였다.

그렇기에 서수리는 숙고 끝에 질문했다.

"필요하다면 황제 폐하라도 시해하실 생각이신가요?"

대담한 질문이라고 생각했다. 답의 내용과는 별개로, 신하 된 사람이라면 흔들릴 수밖에 없는 질문이라고.

"가주가 바뀌어도 집이 바뀌진 않는다. 황제가 바뀌어도 황궁이 바뀌진 않는다. 우리는 사람이 아닌 비품. 황궁을 쓸고 닦는 빗자루이며 걸레이니, 더럽혀진 이유를 묻지 않고 쓸고 닦을 뿐이다."

노환관은 흔들림 없는 눈으로 서수리를 바라보았다.

익숙한 질문. 혹은 익숙한 일인 것처럼.

"황궁의 오점을, 제국의 약점을 청소하는 것. 그것이

우리 청소반(淸掃班)의 일이다."

"그렇군요."

노환관이 서수리의 질문 속에서 많은 것을 보았듯이, 서수리는 노환관의 대답 너머에 숨겨진 많은 것들을 들었다.

"청소반의 일은 더러운 것을 쓸고 닦을 뿐이군요."

청소부에게 누가, 왜 더럽혔는지는 중요하지 않았다. 더러워진 곳이 있으면 청소해야 한다는 것이 중요할 뿐.

설령 더럽혀진 곳이 옥좌라 할지라도 말이다.

노환관이 물었다.

"이름을 정해라."

"서수리라 불리고 싶네요. 가장 최근에 썼던 이름으로요."

"네가 네 뜻대로 정할 수 있는 마지막 일이다. 네 선배로서 숙고하길 권하고 싶구나."

"제가 청소반으로 일하게 된다면, 언젠가는 만나게 될 사람이 있어요. 이 이름을 기억하는 사람이요."

서수리는 미소를 지었다.

"그 사람을 한순간이라도 흔들리게 만들 수 있다면, 서수리라 불릴 가치가 있지요."

"그렇다면…… 오너라."

이름 없는 노환관은 서수리와 함께 걸음을 옮겼다.

"네 손을 더럽힐 일들이 널 부른다."

호화찬란한 황궁의 심연 속으로.

* * *

장평은 여섯 개의 영약을 바라보았다.

악양 사태 때, 구명지은을 입은 아홉 명문 정파는 장평에게 아홉 개의 영약을 주었다.

장평은 지금까지 세 개를 먹었고, 여섯 개가 남았다.

'내가 초절정고수가 될 수 있을까?'

문제는 이제부터였다.

'세계관이 파열된 내가?'

장평은 심마에 들었다. 건곤대나이가 담고 있던 만유인력의 세계관을 형성하는 도중에, 예전에 보았던 가능성의 세계관이 포개지면서 무한한 정보량에 뇌가 파열되었다.

원리나 과정은 모르겠지만, 장평의 두뇌는 두 세계관을 이해하는 것을 포기했다. 두 세계관은 이제 단순한 지식과 기억으로서 머리에 남아 있었다.

장평은 느낄 수 있었다.

만유인력의 세계관도, 가능성의 세계관도 더 이상 장평의 세계관이 될 수 없다는 것을.

그리고 그것이 문제였다.

'세계관이 확립되지 않으면 강해지는 것은 한계가 있다.'

그리고 그 한계가 바로 지금의 무위.

세계관이라는 지향점 없이 무작정 내달려 봤자, 무의미한 공회전에 불과했다.

무인으로서 성장에 마침표를 찍은 것이었다.

'현실을 받아들이자.'

쉽지 않은 결심이었지만, 장평은 결국 긴 고뇌에도 마침표를 찍었다.

'따지고 보면 지금의 경지도 반칙으로 도착한 것이 아니겠는가.'

회귀 전. '장평'은 일류고수의 경지에 오르는 것이 한계였다. 정직하게 살았다면 얻지 못할 경지를 회귀라는 반칙으로 도착한 것이었다.

'어차피 세상만사가 일신상의 무공만으로 해결되는 건 아니지 않은가?'

혈옥혈사도, 유목민 대군세도, 악양 사태도 힘으로 해결한 일이 아니었다. 정보와 지혜, 그리고 운으로 해결한 일들이었지.

장평은 영약들을 바라보았다.

'그렇다면 이 영약들은 어떻게 쓰는 것이 최선일까?'

장평 본인은 더 강해질 수 없었다.

그렇다면 강해질 수 있는 이들에게 나누어 주는 수도
있었다.

'모용평은 우수한 근골을 가지고 있다. 기연만 따라 준
다면 성장의 여지는 충분하다.'

그리고 굳이 모용평이 아니라도, 신뢰할 수 있는 이들
이라면 충분히 강하게 만들어 줄 수 있었다.

체질은 구양신공으로 개선시키고, 내공은 영약으로 보
강시키며……

'다른 사람에게 건곤대나이를 익히게 만드는 수도 있
다.'

건곤대나이라는 무공은 만유인력의 세계관 자체는 문
제가 없었다.

장평이 무리하게 가능성의 세계관과 합치려 했던 것이
문제였지.

즉, 건곤대나이만 가르친다면 아무 문제없다는 뜻이었
다.

'적당한 인재가 있다면, 초절정고수로 성장시켜 줄 수
있다.'

장평은 씁쓸한 기분으로 현실을 받아들였다.

'나 자신은 결코 닿지 못할 경지에…….'

장평이 영약들을 앞에 두고 상념에 잠겨 있을 때였다.

"장평, 있어?"

개인 숙소의 문을 두드린 것은 남궁연연이었다.

"있소."

장평은 영약들을 약함에 넣어 두고 문을 열었다.

"들어오시오."

남궁연연은 뭔가를 들고 있었다.

새 종이로 엮은 빳빳한 책이었다.

"그게 뭐요?"

"병문안 선물."

남궁연연은 장평의 안색을 살폈다.

"몸은 좀 어때?"

"멀쩡하오."

"그래. 그렇구나."

"머리는?"

"건강하오."

잠시 주저하던 장평은 솔직히 말했다.

"무인으로서의 성장은 멈췄지만."

"그렇게 생각해?"

"무슨 말이오?"

남궁연연은 가지고 온 책을 내밀었다.

전형적인 무공 비급의 형태를 띤 책의 표지에는 '건곤
대나이'라고 적혀 있었다.

"건곤대나이라면 알 만큼은 안 것 같소만."

장평은 점잖게 말했다. 조금 전까지 그를 사로잡았던 좌절감은 그 편린조차 보이고 싶지 않았다. 남궁연연에게라면 더욱더.

그러나 남궁연연은 장평이 애써 감춘 좌절감을 이미 헤아리고 있었다.

"그래서 가져온 거야."

"무슨 말이오?"

"한 사람이 꼭 하나의 세계관만을 가지라는 법은 없어."

"학자의 세계관이라면 몰라도 무인에게는……."

장평은 애써 미소를 지으며 말했다.

그러나 남궁연연은 장평의 말을 끊으며 말했다.

"건곤대나이는 만유인력을 증명하기 위한 실험이야. 천마는 마교 교주가 된 다음에 건곤대나이의 비급을 물려받아."

남궁연연은 강조했다.

"교주가 된 '다음'에."

장평은 흠칫 놀랐다.

남궁연연이 하려는 말의 의미를 깨달았기 때문이었다.

"소저의 말은, 이미 세계관을 가진 자가 또 다른 세계관을 가질 수 있단 말이오?"

"그래. 그럴 수 없다면 건곤대나이라는 무공은, 아니,

만유인력의 존재를 세계관으로써 증명하는 실험은 설계
조차 할 수 없어."

건곤대나이는 절정고수만이 가질 수 있는 세계관을 이
용한 실험. 그러나 절정고수가 되려면 세계관을 가져야
했다.

역설이었다.

한 사람이 하나의 세계관만을 가질 수 있다면, 건곤대
나이라는 실험은 시행될 수 없다는 역설.

'만약 역설이 아니라면?'

그 실험이 실행될 수 있다면, 전제가 틀렸다는 의미였
다.

한 사람이 하나의 세계관만을 가질 수 있다는 전제가.

장평은 가슴이 두근거리는 것을 느꼈다.

"한 사람이 여러 가지 세계관을 가질 수 있단 말이오?"

"내 가설은 그래."

"하지만 나는 두 세계관을 합치지 못했소."

"그건 별개의 문제야. 단순히 용량의 문제지. 만유인력
도, 가능성도 삼라만상을 아우르는 거대한 담론인데, 두
세계관은 상성까지 안 맞았어."

남궁연연은 담담히 말했다.

"삼라만상 전체의 모든 가능성을 보려고 했으니, 당연
히 한 사람의 두뇌로는 감당할 수가 없지."

"소저의 말대로라면……."

장평은 생각에 잠겼다.

"좀 더 단순한 세계관이라면 병행할 수 있다는 얘기요?"

"그리고 이 비급도 그걸 암시하고 있고."

"그게 무슨 말이오?"

"너는 건곤대나이 비급 자체는 한 번도 읽은 적이 없어. 저번에는 내 설명만 듣고 깨달음을 얻었으니까."

"예전에 읽어 보았소만."

"그건 그냥 무공으로서의 운용법만 읽은 거지. 건곤대나이라는 이론 자체는 못 읽었잖아."

남궁연연은 비급을 밀어 주었다.

"읽어 봐, 직접."

장평은 조심스럽게 비급을 들었다.

그곳에는 남궁연연이 직접 해석하고 주석까지 단 건곤대나이의 학설이 들어 있었다.

"읽었소."

"다시 읽어 봐."

장평은 다시 읽어 보았다.

깔끔하고 이해하기 쉽게 쓰인 책이었다. 장평의 지식 수준을 잘 아는 남궁연연이 직접 쓴, 장평이 이해할 수 있는 책이었다.

"또 읽었소."

"다시 읽어."

장평은 물었다.

"뭘 바라는 거요?"

"네가 뭘 모르는지를 알 때까지."

"이 책에서 읽을 수 있는 것은 모두 알고 있소."

"확실해?"

"그렇소. 나는 만유인력을 보았소. 내 눈으로, 내 세계관으로 직접 보았단 말이오. 만물이 발하는 중력을 말이오."

"거의 다 왔어."

남궁연연은 장평을 바라보았다.

"이 책을 읽어. 그 세계관을 떠올려. 그리고 생각해."

"무얼 말이오?"

"네가 뭘 모르는지를."

참다 못한 장평은 결국 벌컥 화를 냈다.

"지금 날 놀리는 거요? 내가 뭘 모르는지를 어떻게 안단 말이오?"

남궁연연에게 낸 화라기보다는, 무인으로서 한계를 맞이한 자기 자신에 대한 울분에 가까웠다. 그러나 남궁연연은 여전히 장평을 바라보며 되풀이할 뿐이었다.

"생각해."

"그냥 말해 주면 되지 않소?"

"생각해, 장평. 건곤대나이를 떠올리며 생각해. 내가 아는 걸 너는 모른다는 것의 의미를 생각해."

같은 소리만 되풀이하는 남궁연연에게 뭐라고 쏘아붙이려는 순간, 그의 머릿속에 한번 보았던 만유인력의 세계관이 스쳐 지나갔다.

"만유인력이 온 세상에 존재하는 힘이라면……."

장평은 깨달았다.

"왜 나는 나고, 소저는 소저인 거요?"

"올바른 답. 아니, 올바른 질문이야, 장평."

남궁연연은 미소를 지었다.

"너는 너고, 나는 나야. 중력이 존재한다면, 그리고 세상에 중력만이 존재한다면. 너도 나도 존재할 수 없어. 우리 모두는 더 크고 거대한 중력을 가진 무언가의 일부여야 하니까."

"또 다른 힘이 있는 거구려."

장평은 읊조렸다.

"나를 나로 만드는 힘, 소저를 소저로 만드는 힘이. 이 거대한 지구의 중력보다도 강한 힘이 우리들 안에 존재하는 거구려."

"그래."

"그게 무엇이오?"

"그 답은 우리가 낼 수 있는 것이 아니야."

남궁연연은 조용히 말했다.

"기우(杞憂)라는 단어를 알아?"

"알고 있소. 하늘이 무너질 것을 겁내던 기나라 사람을 비웃는 고사성어지."

"그래. 하지만 봐. 너와 나는 알잖아. 중력을 아는 우리는 하늘이 지구의 가장자리에 불과함을 알잖아. 어리석다고 비웃음을 당하던 기나라 사람의 질문이 주변 사람들의 답보다 더 진실에 가까움을 알잖아."

남궁연연은 차분히 말했다.

"시간이, 그리고 사람들이 여기까지 도착했어. 수많은 오답을 쌓고 착오를 쌓은 끝에, 마침내 중력까지는, 만유인력까지는 도착했어. 그렇기에 이제 새로운 질문을 깨달을 수 있는 거지."

"거대한 지구의 중력조차 넘어서는 힘. 나를 나로서 존재하게 해 주는 힘은 대체 무엇인가?"

"그래."

남궁연연은 미소를 지었다.

"우리는 우리 이전의 사람들이 남긴 문제를 풀었어. 중력이라는 답을. 만유인력이라는 답을 내놓았지. 그리고 우리는 그 질문만을 후세에 남겨 놓을 거야."

"우리가 풀지는 못하는 거요?"

"못 해."

"왜?"

"우리는 문명의 꼭대기에 서 있어. 우리 이전의 그 어떤 사람들보다 많은 지식을 가지고 있지. 하지만 우리의 한계는 저 질문이고, 그 답은 우리가 닿지 못할 높이에 있어."

남궁연연은 무력감 대신 자부심을 느끼는 표정이었다.

"이젠 우리가 토대가 되면 돼. 우리가 쌓아 올린 것들을 딛고, 응용하고, 수정하고, 개선하고, 마침내 부정한 뒤에 더 높은 곳으로 올라갈 수 있도록. 우리의 후예들을 믿고 기다리면 돼."

"그게 천마가 내게 하고 싶어 한 말이오?"

"여기라고 하는 편이 맞겠지. 바로 여기까지 천마가 우리들을 데리고 오고 싶었던 거라고."

"여기까지? 우리들?"

"그래, 장평. 우리들은 여기까지 왔어."

남궁연연은 담담한 표정으로 말했다.

"상식에 얽매이지 않고, 윤리에 붙들리지 않으며, 오류를 인정할 수 있는 학자로. 강해질 수 있다면 무엇이건 흡수하고, 목적을 위해서라면 수단을 가리지 않는 무인으로. 우리는 여기까지 도착했어."

"그 말은······."

"그래. 네 생각대로야."

남궁연연은 장평을 바라보며 말했다.

"우리가 바로 마교도야, 장평."

* * *

장평이 천당각에 도착했을 때, 점소이는 차분히 말했다.

"기다리고 계십니다."

"그래."

장평은 계단을 올랐다.

술야는 늘 그렇듯이 차분하고 단정한 자세로 기다리고 있었다.

"술잔을 섞고 정보를 나눌 시간이군요."

그녀는 차분히 물었다.

"어떤 술로 하시겠어요?"

"가장 진실한 술."

장평은 조용히 말했다.

"아무것도 더하지 않은, 가장 순수한 술."

술야는 희미한 미소를 지었다.

그녀가 장평에게 내놓은 것은 물. 평범한 물이었다.

장평이 예상한 대로였다.

"물도 술이라 부를 수 있나?"

"관점에 따라 다르겠지요."

장평은 술잔에 담긴 물을 홀짝였다.

술야는 차분한 목소리로 물었다.

"흥미롭지 않나요? 같은 것을 보면서도 다른 생각을 할 수 있다는 것이?"

"그래."

장평은 빈 술잔을 술야에게 밀어 주었다.

"네 술잔을 받는 것은 오늘이 마지막일 것 같군."

"몸 성히 찾아오신 것을 보니, 그럴 것 같았어요."

장평이 정보 과잉으로 뇌사 상태였다는 것을 알고 있었던 모양이었다. 그런 그가 회복된 이상, 어떤 식으로건 결론을 냈으리라는 사실도 추측했으리라.

이제 남은 것은 직접 듣는 것뿐이었다.

장평이 내린 답을.

"마교는 학자와 무인으로 이뤄진 조직인가?"

"예."

술야는 순순히 고개를 끄덕였다.

마교도는 부도덕하거나 무도한 짓을 저지르곤 했다.

중원인들은 그들의 행동을 이해할 수 없었고, 마교가 미쳤고 사악하기 때문이라는 결론을 내렸다.

하지만 그 반대였다.

합리와 효율로만 판단하게 되면, 도덕과 윤리를 무시할 수밖에 없었다.

"이성적이고 현명한 이들의 조직이지요."

마교가 미친놈들이라서 이해할 수 없는 것이 아니고, 중원인들은 그들의 효율성을 용납할 수 없기에 미친놈으로 분류하는 것이었다.

"그래서 나를 고평가했던 거로군."

장평을 직접 마주한 마교도는 대부분 장평에게 우호적이거나, 적대적이라도 그를 높이 평가했다.

혈조대마는 자신을 함정으로 몰아넣었음에도 장평을 차기 교주로 추천하려 했을 정도였다.

"나는 마교도처럼 생각하고 있었으니까."

목표를 위해서라면 도덕과 양심, 그 외의 수많은 것들을 무시할 수 있는 장평은, 어떤 상황에서도 효율적이고 합리적으로 판단하는 장평은 이미 마교도와 동일한 사고방식을 가지고 있었으니까.

〈네 숙부를 당하게 놔두었지? 네게 거추장스럽다는 이유만으로? 그건 본 좌보다도 더 마교도다운 판단이었다.〉

혈조대마가 지적했듯이.

"때로는 스스로 인정해야 할 때가 있지요. 부외자가 할 수 있는 것은 그저 기다리는 것뿐이고요."

"건곤대나이를 보낸 것은 그 때문이었나?"

"예."

장평이 직접 해독하건, 혹은 다른 누군가가 해독하건 상관없었다. 건곤대나이의 비의를 행동하기 위해서는 마교도처럼 사고해야 했으며, 그 사실을 자각할 수밖에 없었다.

시간의 문제였을 뿐이었다.

"남궁연연을 고평가한 것도 그 때문이었군."

"우리는 그녀와 같은 사고방식을 갖춘 학자들을 과학자(科學者)라고 부르지요."

마교는 분명 종교였다. 그러나 그들이 숭배하는 것은 신이 아닌, 지식. 좀 더 정확히 말하면, 지식을 대하는 사고방식이었다.

괴력난신을 멀리하고, 합리와 이성을 숭배하며 합리적인 사고방식을 포교하는 종교, 마교.

그렇기에 그들은 미지의 존재일 수밖에 없었다. 중원인들의 상식으로 이해할 수 있는 범위보다 높은 곳에 존재하기에.

"솔직히 좀 놀랐어요. 중화의, 그것도 고서들을 읽으면서 과학적인 사고방식을 갖출 수 있다니. 예상치도 못한 곳에서 보물을 찾은 느낌이죠."

"화선홍은?"

"그 또한 과학자예요."

"그는 의학자다."

"과학은 삶의 방식이자 사고방식이에요. 미신을 배격하고, 가설을 세우며, 조사와 연구를 멈추지 않고, 실패에 좌절하지 않으니 그 또한 의학이라는 분야를 연구하는 과학자라 할 수 있지요."

장평은 차분히 말했다.

"그럼 너 또한 과학자인가?"

"굳이 따지자면, 그런 셈이죠. 중화라는 문화 집단을 연구하고 분석하는 과학자요."

"그것도 과학으로 분류할 수 있나?"

"사람이 생각할 수 있는 것 중에, 과학의 범주에 담지 못할 것은 없지요."

장평은 담담한 표정으로 말했다.

"그게 마교가 지닌 저력의 근본인가?"

"예."

건곤대나이는 만유인력을 증명했다. 그러나 그와 동시에, 만유인력 이외의 힘, 나 자신을 나로서 만들어 주는 힘의 존재를 숙제로 던졌다.

현시대의 사람들은 답을 찾을 수 없는 질문. 수많은 가설들과 연구 결과들의 산을 쌓아 올린 뒤에야 마주할 수 있는 드높은 질문을.

그리고 그런 '숙제'들이 하나만 존재할 리는 없었다. 답도 하나만 존재할 리가 없었다.

과학적인 사고방식과 지식을 가진 자들이 모인다면, 그리고 그 성과들을 교류한다면 그 상승작용은 결코 적지 않으리라.

"지식은 곧 힘."

마교는 최고 수준의 무림방파가 보유할 수 있는 초절정 고수를 단독으로 열 명 넘게 보유할 수 있었다.

무림인들은 이해할 수 없는 그 사실을 사술 때문이라고 생각했지만, 실제로는 정말 단순한 문제였다.

"너희들은 우리보다 현명하니, 우리보다 강해지겠지."

마교는 중원의 다른 무림방파들보다 무학(武學)이 더 뛰어나기에, 같은 재능을 가진 사람도 더 우수한 무인으로 길러 낼 수 있을 뿐이었다.

"암흑무서는 왜 중원에 유포시켰던 거지?"

"힘을 위해서라면 체면이나 도덕을 포기할 수 있는 사람. 파격(破格)을 이룰 수 있는 사람을 징집하기 위해서요."

"피에 굶주린 마인을 만들 뿐이다."

"충동을 이겨 낼 수 없는 자도 나름대로의 쓸모가 있지요. 물론 스스로가 예상했던 방식대로 쓰지는 않지만요."

장평은 술야를 바라보았다.

"구파 내부에서 배신자들을 만든 것도 너희들의 과학과 지식 덕분이었나?"

"예. 종교와 철학, 그리고 수사학(修辭學)의 기술 덕분이었죠."

술야는 담담한 표정으로 고개를 끄덕였다.

"종교에 관련된 무림인들이 제일 다루기 쉬웠지요. 그들은 무공 수련을 위한 수단으로서 종교를 배웠기에, 그들의 종교적 깊이는 수박 겉핥기에 불과하죠."

"그렇겠지."

장평이 본 사람들 중, 가장 종교적인 수양이 깊은 도사는 무당의 필두 고수이자 초절정고수 현성이 아니었다. 무림에는 알려진 바가 없는 은거자 장현진인이었다.

종교계열 무림인들은 그들 스스로가 생각하는 것만큼 종교를 깊게 이해한 것이 아니었다.

"그리고 명성이 높은 사람들일수록, 논파 당한 다음에는 더욱 더 마교의 교리에 심취할 수 밖에 없죠."

"스스로의 자존심 때문에라도."

마교는 그들 자신보다도 그 사실을 잘 알고 있으니, 당연히 논파 당할 수 밖에 없었다.

"많이 해본 솜씨로군."

"중화의 종교는 서로 화합과 교류의 경지에 이르렀지만, 서방에는 종교 때문에 다투고 있는 사람들이 많이 있지요. 그들은 신에 대해 논쟁하는 것에 아주 익숙하죠. 중원인들보다 훨씬 더."

"신앙이 아예 없는 사람이라면?"

"그런 사람들은 대개 듣고 싶은 말이 있지요. 신앙심만큼이나 깊은 갈증이."

장평은 모용명천을 떠올렸다.

현실의 모용세가를 외면하고, 과거 선비족의 영광으로 눈을 돌렸던 늙은 노인을.

"듣고 싶어 하는 말을 들려주는 것은 어렵지 않은 일이지."

"듣고 싶어 하는 말이 무엇인지 파악하는 것도 생각보다 어렵지 않고요."

장평은 마침내 인정했다.

"그래. 마교의 정보력과 과학력이라면, 그러고도 남지."

"기쁘군요."

술야의 피부에 닭살이 솟아오르는 것이 보였다. 마교 최대의 적이, 마교의 우월함을 인정하는 것. 마교에게 이보다 더 큰 승리가 어떻게 존재하겠는가?

"본 교를 이해해 주셔서요."

그 승리에 일조한 술야가 얼마나 승리감을 느끼겠는가?

"마교로 오세요, 장평 대협. 교주님께서는 장평 대협을 기다리고 계세요. 과학자들을 보호하고 십만대산을 수호하는 차기 교주로서요."

"나는 대마를 셋이나 죽였다."

"대마 셋보다도 가치 있는 인재가 마교로 들어온다면 어찌 마다하겠어요?"

"이미 백리흠이 사망곡에 들어갔다고 들었는데."

"사망곡은 인재 영입 과정일 뿐이에요. 하지만 장평 대협의 능력은 이미 여러 번 검증되었으니, 시험할 필요조차 없지요."

술야는 행복한 미소를 지으며 장평에게 손을 내밀었다.

"자, 오세요. 우리의 주인이 되기 위해서."

장평이 술야를 똑바로 바라본 것은 그때였다.

"그 전에 한 가지만 묻지."

술야가 불안감을 느낀 것은 장평의 눈빛이 너무나도 차분하기 때문이었다. 패배감도, 감정도 담기지 않은 이성적인 눈.

장평은 지금 술야에게, 그리고 마교에게 묻고 있었다.

"마교는 대체 왜 제국과, 아니, 중화와 싸우는 거지?"

"중원인들이 계몽되지 못해서 그래요."

술야는 담담한 표정으로 말했다.

"관습과 미신 등의 낡고 구태의연한 것들에 집착하고 있기 때문이에요."

"그런가."

장평은 술야를 바라보았고, 그 순간 술야는 장평이 자

신의, 그리고 마교의 손아귀에서 떠나가고 있다는 것을 깨달았다.

"역시 너희들과는 타협할 수 없겠군."

"장평 대협⋯⋯?"

"너희들은 광신도다."

"우린 이성적인 과학자들이에요."

"이성과 과학을 숭배하는 광신도."

장평은 말문이 막힌 술야를 노려보았다.

마교의 적으로서.

"너희가 지식과 지혜로써 행하는 일은 폭력과 혈겁뿐이었다. 무슨 옷을 입었어도 살인자는 살인자. 어떤 외모를 가졌어도 거짓말쟁이는 거짓말쟁이. 너희들은 사마외도의 광신도에 불과하다."

"사마외도? 장평 대협의 입에서 그런 미개한 단어를 들을 거라고는 생각지도 못했군요."

늘 여유롭고 품위 있던 술야의 얼굴에 처음으로 적의가 드러났다. 날것의 분노가.

"진보와 지식 앞에서 정사(正邪)의 구분은 무의미해요. 오직 계몽된 현자와 어리석은 자들만이 있을 뿐."

"정말 그렇게 생각한다면, 그것이 너의 한계다. 마교의 한계이기도 하고."

장평과 술야의 감정이 서로 충돌했다.

"너희가 현자고 선지자라면, 너희들은 왜 우리를 가르치지 않는가? 계몽시키고 교화시키는 대신 왜 우리를 속이고 죽이는가?"

"방해받지 않기 위해서요. 중원인들의 미개한 사고방식이, 중화의 편협함이 과학자들을 방해하지 못하게 만들기 위해 마교의 무인들이 싸우고 있는 거예요."

"그게 너희들이 사마외도의 광신도인 이유이다."

장평은 술야를 바라보았다.

"사람들의 이해를 구하지 않는 시점에서, 타인과의 교류를 방해라고 말하는 시점에서, 너희들은 사람을 다스릴 자격이 없는 사마외도의 광신도에 불과하다."

"장평 대협!"

"손을 내밀었어야지!"

격노한 장평은 술야의 말을 끊으며 외쳤다.

"속이고 죽이는 대신, 손을 내밀고 대화했어야지. 교류하며 가르쳤어야지!"

그의 머릿속에는 '장평'의 삶이 스쳐 지나갔다. 혈조대마의 모략으로 몰락한 대운표국. 그리고 그 이후의 비참한 삶들과······.

"너희가 무엇을 숭배하는지, 무슨 생각을 하는지는 중요하지 않다. 너희가 광신도처럼 행동했다는 것. 중요한 것은 그것뿐이다."

백면야차에게 빼앗긴 자신의 삶이!

"방해받지 않기 위해서였어요. 과학자들의 낙원을 방해받지 않기 위해서였어요. 언젠가 사람들이 우리를 이해하게 되면 모두에게 그 가르침을 나눌 수 있을 거예요."

"모순이다."

"모순이 아니에요."

"아니. 모순이다. 한심스러운 모순!"

장평은 술야를 바라보았다.

"너희의 지식이 다른 누구보다 빠르게 발전함을 알면서, 다른 누구보다 지고한 경지에 있음을 자랑하면서, 왜 세상이 너희들을 따라와야 한다고 주장하는가?"

"그건……."

장평의 차가운 말은 송곳처럼 파고들었다.

"너희는 그저 광신도일 뿐이다. 과학적인 사고방식을 숭배하는 광신도!"

술야는 입술을 깨물었다.

"우린 광신도가 아니에요. 현자들이에요."

"세상이 미개하고 사람들이 우둔하다면, 더더욱 가르쳤어야지. 감화시켰어야지. 너희가 정녕 현자들이라면 그리했어야지!"

"그건……."

"너희는 그러지 않았지. 세상을 가르치는 것보다 세상

을 외면하는 것이 더 효율적이니까."

"그 결과물을 보셨잖아요. 방해받지 않는 과학자들이 이뤄 낸 것들을 보셨잖아요."

"그래. 나는 너희들이 이룩한 것을 인정한다. 그 성과가 드높음을 인정한다."

장평은 술야를 노려보며 말했다.

"그러니 너희들 또한 세상이 너희를 거부하는 것을 받아들여라. 내가 너희들에게 분노함을, 그리고 그 분노가 정당함을 받아들여라."

"……."

술야는 입술을 깨문 채 침묵했다.

"흥."

냉소와 함께 장평은 자리에서 일어났다.

마교도와 나눌 대화는 끝났으니까.

"……지금 떠나시면."

술야는 이를 악물며 말했다.

"……장평 대협은 본 교의 대적이 되는 거예요. 본 교의 호교신공을 훔치고, 교주님의 호의를 배신한 불구대천의 대적이요."

"나는 처음부터 마교의 적이었다."

장평은, 그리고 '장평'은 등을 돌렸다.

"만약 너희가 세상에 손을 내밀 수 있을 때가 온다면,

나를 찾아와라. 그때라면 다시 생각해 보겠다."

멀어져 가는 장평의 등을 보며, 술야의 눈동자가 흔들렸다.

저 사내가 머릿속에 품고 있는 것을 알기에. 그가 할 수 있는 것이 짐작이 가기에. 그녀는 두려워하며 후회할 수밖에 없었다.

'어리석었다. 내가 어리석었어.'

방금 전, 마교의 대적이 마침내 완성된 모습을 보면서 술야는 탄식할 수밖에 없었다.

"……내가 대체 무슨 짓을 한 거지?"

두려움을 품은 후회를.

* * *

사망곡의 끝은 눈부신 빛줄기였다.

"아아……."

백리흠이 그 빛을 보았을 때, 제일 먼저 느낀 것은 안도감이었다.

'끝이구나.'

사망곡은 자연적인 동굴에 사람의 손이 더해진 긴 동굴이었다.

어둠은 사람을 움츠러들게 만들고, 갈림길들은 사람의

확신을 무너트렸다. 그러나 가장 힘겨운 것은 불안함이
었다.

'끝이 있긴 있는가?'

끝이 있는지, 그리고 도착할 수 있는지에 대한 불안함
속에서, 백리흠이 할 수 있는 것은 앞으로 걸어 나가는
것밖에 없었다.

그렇게 걸은 것이 열흘.

되돌아가고 싶은 마음이 든 것이 한두 번이 아니었다.
그러나 백리흠은 돌아갈 수 없었다.

출구가 얼마나 먼지는 몰라도, 돌아간다 해도 이미 너
무 늦었다는 것은 분명했으니까.

식량도 물도 바닥난 상태이기에 선택의 여지가 없었다.

마침내 백리흠이 사망곡의 바깥으로 나오자, 후광을 등
진 한 사람이 뭔가를 내밀었다.

"당신을 환영합니다. 선택받은 순례자여."

눈이 부셔서 윤곽이 제대로 보이지도 않는 상황에서, 백
리흠이 할 수 있는 것은 엉겁결에 받아 드는 것뿐이었다.

"맑은 물로 목마름을 적시고, 대추야자로 굶주림을 푸
십시오."

물. 백리흠이 제일 원한 것이었다.

백리흠은 허겁지겁 물을 마셨다. 물병의 가장자리마저
핥으며 마른 입술을 적셨다.

배고픔은 갈증보다는 뒤늦게 찾아왔다.

잘 말린 대추야자는 경이로울 정도로 달았다. 너무 달아서 입이 쓸 정도였다.

그러나 지치고 굶주린 몸에는 당분만큼 감사한 것이 없었다. 백리흠은 한 줌의 대추야자를 한꺼번에 씹어 삼켰다.

"후……."

목마름과 굶주림을 채우고 나서야, 백리흠의 눈에 초점이 잡히기 시작했다.

그는 자신의 앞에 선 사람이 홍모귀라 불리는 서방의 사람임을 깨달았다.

"당신은…… 마교도요?"

"예."

"나는……."

백리흠은 주저했다.

'나는 누구인가?'

사망곡을 걷는 동안, 백리흠은 수많은 질문들을 던져왔다. 답이 없는 질문들 속에서 방황했었다.

혼란스러웠다.

백리흠 자신이 누구인지도 헷갈릴 정도로.

혼란스러워하는 백리흠을 보며, 홍모귀는 웃으며 말했다.

"인사가 늦었군요. 저는 신학(神學)의 교수(敎授). 앙주의 필립입니다. 필립이라고 부르시면 됩니다."

한때는 금발이었을 머리가 희끗희끗하게 센, 마른 체격의 장년인이었다. 낯선 이목구비였지만, 온화한 표정과 지적인 눈빛을 지니고 있음은 부정할 수 없었다.

이국적이지만 장식은 없는 검고 단출한 옷차림. 나무로 된 소박한 십자 목걸이만이 그의 가슴팍에서 흔들거렸다.

"나는 무림맹에서 온 백리흠이오."

"만나서 반갑습니다, 백리흠."

필립은 온화한 표정으로 말했다.

"교주님께서 기다리고 계십니다."

"천마가 나를?"

"중원 사람들은 그리 부르시곤 하지요."

필립은 백리흠을 부축했다.

"걸으실 수 있겠습니까? 아니면 휴식이 필요하십니까?"

"걸을 수 있소."

"그럼 가시지요. 다행히도 그리 멀지는 않으니까요."

백리흠은 주변을 돌아보았다.

하늘을 찌를 듯한 산봉우리들로 둘러싸인 한 뼘의 분지. 오솔길 하나 없는 천혜의 요새였다.

그리고 백리흠은 그가 걷는 길 주변에 수많은 석조물과

목조물이 세워져 있음을 발견했다.

몇몇은 눈에 익었으나, 대부분은 낯설었다.

필립은 백리흠의 마음을 읽기라도 한 듯이 말했다.

"낯설지요?"

"그렇소."

"이 모든 것들은 종교적인 상징물들입니다."

"그런 것 같구려."

백리흠은 짐작하고 있었다.

낯선 구조물들 사이로, 간간이 불교의 석탑이나 불상, 그리고 도교나 민간전승의 상징물들이 보였기 때문이었다.

"계몽되는 과정에서 사람들은 대부분 자신의 종교에 배신감을 느끼기 마련이지요. 이곳 신앙총(信仰塚)은 그들이 자신들이 섬겼던 이들에 대한 애증을 담아 남겨 둔 기념물입니다."

"이 모두가 말이오?"

그러나 백리흠은 놀랄 수밖에 없었다.

끝도 없이 펼쳐져 있기 때문이었다. 분지의 끝까지 닿을 정도로.

"……세상에는 종교가 이렇게 많은 것이오?"

"많지요. 셀 수 없을 정도로 많지요."

필립은 부드러운 목소리로 말했다.

"단 하나의 종교만이 정답이라고 믿을 수 없을 정도로 많지요."

백리흠은 필립의 십자 목걸이를 바라보았다.

"저 사이에서 그와 같은 모양을 보았소."

"예. 제가 믿고 있는 종교의 상징물입니다."

"그게 허락되오?"

"마교는 과학적인 사고방식을 가진 사람들의 모임. 딱히 신앙을 금지하거나 신의 존재를 부정하지는 않습니다. 그저 신의 존재를 증명할 수 없으니 믿지 않는 자들이 많을 뿐이지요."

"당신은 믿소?"

"저는 아직 신앙을 버릴 이유를 찾지 못했습니다."

필립은 온화한 미소를 지으며 말했다.

"신의 존재를 증명한 사람은 아무도 없지만, 신이 존재하지 않는다는 것을 증명한 사람도 아무도 없으니까요."

분지의 중앙에는 흰 돌로 세워진 작고 소박한 건축물이 세워져 있었다.

"교주님께서 동방에서 오신 귀빈을 기다리고 계십니다."

"……천마가 이 안에 있단 말이오?"

"예."

필립은 걸음을 멈추고 백리흠을 안내했다.

"기다리고 계시니, 드시지요."

"나는 당신들의 예법을 모르오."

"열방의 만인이 모이는 곳이 십만대산. 모든 허례허식을 멀리하고 진심을 전하는 것만이 우리들의 예법입니다."

"교주의 앞이니 무장을 해제해야 하지 않겠소?"

"애용하시는 도구를 굳이 빼앗을 필요가 있겠습니까?"

가볍게 목례한 필립은 상징물들의 숲 사이로 걸음을 옮겼다.

백리흠은 잠시 주저하다가 문을 두드렸다.

"백리흠이 마교의 천마를 뵙길 청합니다."

얇은 나무문이 열렸다.

좌대(座臺) 하나만이 놓인 소박한 방 안.

낯설지만 편안한, 은은한 유향 연기가 피어오르는 가운데, 창문 사이로 햇볕이 스며들어 왔다.

경건한 정적이 가득 찬 공간이었다.

그리고 그 좌대 위에는 한 사람이 앉아 있었다. 크게도 작게도, 그리고 멀게도 가깝게도 느껴지는 신비스러운 인영이.

"환영하네, 선택받은 순례자여. 나는 과학자들의 수호자이자 성전(聖戰)의 지휘자, 십만대산의 샤로서 무적자(無籍者)들을 보호하는 자. 무학자이며 물리학자인 일 무르자일세."

"......"

신비스럽고도 성스러웠다. 절로 경건해지는 경외감에 백리흠이 말을 잊자, 잠시 고민하던 일 무르자는 온화한 미소를 지었다.

"아. 미안하군. 동방의 사람을 만난 것은 오래간만이라, 동방 사람들에게는 인사를 달리해야 함을 잊었네. 내 다시 한번 인사하지."

그는 자리에서 일어나 천천히 걸어왔다.

"나는 마교의 교주 일물자."

스며드는 햇볕을 후광처럼 두르며, 일물자는 자애로운 미소를 지었다.

"자네가 속여야 하는 사람이라네."

* * *

장평은 미소공주에게 모든 것을 보고했다.

"마교는 '과학자'들의 집단이라는 건가?"

"예."

장평은 담담히 말했다.

"그들이 공유하는 것은 '과학적인 사고방식'에 대한 신앙심입니다. 더 효율적이고, 더 합리적인 사고방식을 전파하는 것이지요."

"효율과 합리라. 낯선 단어는 아니로군."

미소공주는 장평을 바라보았다.

"우리 같은 사람들에게는 더욱 익숙하군."

"예."

극과 극은 통한다고 해야 할까. 사람을 대하는 일이 직업인 첩보원들은 의심과 불신을 일상적으로 마주하고 있었다.

오판은 죽음을 부르는 첩보원들의 예리한 사고방식은 과학자들만큼이나 효율적이었다.

사람 대신 지식을 상대한다는 직업적인 차이만 있을 뿐이었다.

"그렇다면 반대로, 올곧고 신실한 사람들이 더 위험하겠군."

"예."

그와 정반대의 경우는 종교인들. 특히 무공을 익힌 종교인들이라 할 수 있었다.

그들은 믿는 것에 익숙했고, 자신의 사고방식을 교리와 일치시키는 것을 수행의 완성으로 여겼다.

"중원의 종교들은 오랜 세월 동안 서로 얽혀 가며 '중화'를 이루었지요."

특히 불교나 도교는 서로를 존중하고 타협한 지 오래인지라 새삼스레 교리를 두고 논쟁하는 것이 낯설기까지

했다.

"중원의 모든 종교인은 교리 논쟁에 대한 경험이 적으니, 대처하기 힘들겠군."

"제일 위험한 것은 종교인 출신의 무림인이지요."

"왜지?"

"그들은 본인들의 생각보다 종교적인 수양이 깊지 못합니다. 그들의 수양은 어디까지나 무공의 이해를 위한 보조 수단에 불과하기 때문에요."

논파. 신앙과 세계관을 부수는 것이야 말로 명성 높은 무림 명숙들을 마교도로 만드는 요결이었다.

미소공주도 빠르게 그 사실을 납득했다.

"믿음 그 자체가 약점이 된다는 건가……."

"단순히 종교적 믿음뿐만이 아닙니다."

장평은 담담한 표정으로 말했다.

"확고한 '세계관'을 가진 이들은 모두 위험합니다. 무림인과 학자를 막론하고요."

"그럼 건곤대나이는……."

"일단 해석본은 제출하겠습니다만, 봉인하시는 편이 나을 겁니다."

장평은 차분히 말했다.

"건곤대나이의 비급은 과학적인 사고방식을 전염시키기 위한 미끼니까요."

미소공주는 흥미로운 표정을 지었다.

"전염?"

"예. 전염입니다. 육체가 아닌, 정신을 감염시키는 전염병. 이성에 눈이 멀게 만드는 전염병이요."

"흥미로운 발상이군."

"마침 요 근래에 전염병에 대한 얘기를 나눈 경험이 있었습니다."

"화선홍과?"

"예."

"네 말의 의미는 알겠다."

미소공주는 차분히 말했다.

"신뢰할 수 있는 사람은 건곤대나이를 읽으면 심마에 들고, 건곤대나이를 이해할 수 있는 사람은 배신할 가능성이 높다는 뜻이로군. 이 비급은 봉인하고 접근을 금하겠다."

"예, 공주님."

"그럼 반대로, 이미 과학적인 사고방식을 갖춘 이들은 어떻게 해야 하지?"

그녀의 차가운 눈빛은 장평에게 묻고 있었다.

남궁연연, 그리고 화선홍을……

……어떻게 '처분'할지를.

回生武士

5장

5장

장평은 담담한 표정으로 말했다.

"남궁연연은 이미 오류와 진보에 대해 깨닫고 있는 상태였습니다. 그녀는 순수하게 지식 그 자체를 중시하니, 의심할 필요는 없습니다. 하지만 화선홍은……."

"……위험하군."

"예."

화선홍 또한 오류와 진보에 익숙했다.

문제는 그에게는 명확한 목적이 있다는 것이었다.

"그는 '의학자'입니다. 의술의 발전을 위해서라면, 수단과 방법을 가르지 않을 것입니다."

"마교의 의술은 우리보다 뛰어난가?"

"아혈환의 존재를 보건대, 그럴 겁니다."

미소공주는 착 가라앉은 목소리로 물었다.

"……넘어갈 거라고 보나?"

"반반입니다. 의학자로서는 마교로 가고 싶을 것이고, 의원으로서는 중원에 남고 싶어 할 겁니다."

"왜지?"

"마교도들은 자신들의 지식을 베푸는 것에 소극적입니다. 연구할 시간을 빼앗기는 것이 되니까요."

장평은 수면병 환자를 대하던 화선홍의 모습을 떠올렸다. 환자를 위해 성심을 다했던 모습과 그를 도와줄 수 없다는 무력감에 격노하는 모습을.

"하지만 화선홍은 환자들에게 정성을 다하는 책임감 있는 의원입니다."

"탐구심과 향상심이 강한 의학자이기도 하지."

"그래서 반반인 겁니다."

"그렇다면 일단은 보류해 두지. 하지만 만약 의학자의 탐구심이 의원의 책임감을 이기게 된다면…….."

미소공주는 장평을 바라보았다.

"……죽여야겠지요."

장평은 담담한 목소리로 말했다.

"백면야차는 죽어야 하니까요."

미소공주는 장평을 바라보았다.

"그럼, 너는?"

"저를 의심하십니까?"

"그래. 너는 내 신뢰를 얻는 것을 거부했으니까. 하지만 네가 마교도들에게 경도되리라는 의심은 하지 않는다."

"그렇다면 제 안위를 걱정하시는 거군요."

장평은 미소공주를 바라보았다.

"마교도가 절 해칠지도 모른다는 걱정을요."

"현시점에서, 너는 제국이 보유한 최고의 마교 전문가다. 그들의 목적과 구조까지 이해한 채로, 중원에 남아 있는 최초의 인물이지."

"예."

장평은 사실을 사실로써 답했다. 미소공주 또한 사실을 사실대로 말한 것이기 때문이었다.

"마교는 널 해치려 할 거다. 분명히."

"알고 있습니다."

건곤대나이로 보장된 안전조약은 이제 끝났다. 장평은 건곤대나이를 읽었고 이해했다.

그럼에도 마교의 적이 되길 선택했다.

이제 대마들이 아닌 십만대산에서 장평을 제거하려 들 것이다.

마교도처럼 생각하고 무림맹을 움직일 수 있는 자, 마교의 천적인 장평을.

"현시점에서 넌 대체 불가능한 자원이다, 장평. 너 스스로를 보호하는 것에 각별히 신경 쓰도록 해라."

"염려해 주셔서 감사합니다."

미소공주는 냉소를 머금었다.

"내 말이 너에 대한 호의라고 생각하나?"

"아뇨."

"현명하군."

그들의 모임이 끝나려는 순간이었다.

그때, 누군가가 다가와 미소공주의 귓가에 뭔가를 속삭였다.

그녀는 자리를 나가려던 장평을 불러 세웠다.

"네가 들어 둬야 하는 소식이다, 장평."

"나쁜 소식이군요."

"좋은 소식도 섞여 있다."

"얼마 전, 백리흠이 사망곡으로 들어갔다. 그리고……."

미소공주는 담담한 표정으로 말했다.

"……백리흠을 추적해 사망곡에 투입했던 선봉대가 전멸당했다."

"부대를 보내셨던 겁니까?"

"그래. 사망곡 인근의 문파들. 특히 사천당문의 암기술사를 중심으로 한 정예 무사들을 보냈지. 능히 구파일방 중 하나를 멸하고도 남을 전력이었다."

"적은 누구였습니까?"

"한 사람이었다. 온몸에 흉터가 새겨진, 검은 몸의 거인."

묘사만 들어도 알 수 있었다. 장평이 아닌, '장평'이 기억하는 인물이었다.

"흑암대마……."

"아는 사람인가?"

"예. 가장 오래되고 가장 거대하며 가장 강인한 대마입니다."

'장평'이 한창 첩보원으로 활동하던 시대에 필두 대마를 맡고 있던 자였다.

"그는 강인한 몸과 놀라운 재생력을 지니고 있습니다. 독은 저항하고 암기로 낸 작은 상처는 재생하지요. 암기술사에게는 천적이나 다름없습니다."

"처음 듣는 이름이군."

"눈에 띄는 외모 덕분에 중원에서 활동한 적이 없으니까요."

거대한 체구에 검은 피부, 상흔으로 가득한 몸. 흑암대마는 행적을 감춰야 하는 적지인 중원에서 암약하기에는 너무 눈에 띄는 외모를 가지고 있었다.

무림에서 활동할 수 있는 외국인은 외모를 바꿀 수 있는 혼돈대마나 금발 머리만 검게 물들이면 되는 북궁산도 정도가 한계였다.

"그는 무림인들이 십만대산으로 쳐들어가야 만날 수 있는, 십만대산의 수호자입니다."

장평은 조용히 말했다.

"차라리 소수 정예를 보내야 했습니다. 탕마검성 같은 초절정고수로 이뤄진 타격조를요."

"네가 흑암대마의 존재를 사전에 경고해 줬다면 그랬을지도 모르지."

"마교 본 타를 습격할 계획이 있는 줄 알았다면 말씀드렸겠지요."

미소공주와 장평은 잠시 서로를 바라보았다.

"사천에서 전서구를 보내왔다."

먼저 입을 연 것은 미소공주였다. 장평에게 한 수 접어준 그녀는 차분히 말했다.

"백리흠이 마교에서 나왔고, 북경으로 귀환 중이라고 한다."

"사망곡에 들어갔던 백리흠이 나왔다고요?"

"그래."

* * *

눈이 부셨다.

백리흠이 나온 곳은 사망곡이 아닌 호변에 위치한 다른 출입구였다.

비밀스럽고 잘 숨겨져 있긴 하지만, 사망곡처럼 길고 힘든 길은 아니었다.

"살펴 가십시오, 백 대인."

뱃사공은 백리흠을 건너편에 내려 주었다.

'중원'에.

마교도임이 분명한 그는 씨익 웃으며 말했다.

"우리 십만대산은 언제나 백 대인이 돌아오시기를 기다리고 있을 테니까요."

백리흠은 천천히 고개를 돌렸다.

"……"

중화가 눈앞에 펼쳐져 있었다.

익숙했던 풍경은 낯설게만 느껴졌다.

풍경은 변하지 않았으니, 사람이 바뀐 것이리라.

"……"

마교의 진실을 직접 마주한…… 그의 시각이.

* * *

"백리흠이 십만대산에서 나왔다면."

장평은 조심스럽게 물었다.

"……그를 신뢰할 수 있겠습니까?"

"그게 문제다."

본래 첩보원의 제일 큰 문제는 신뢰였다. 공작과 모략, 거짓말에 익숙한 그들은 아군에게도 신뢰하기 힘든 자들이었다.

언제든지 변절할 수 있으며, 변절해도 그 사실을 감출 수 있기 때문이었다.

"마교가 네 말대로 중화보다 더 우수한 지식과 기술력을 갖춘 집단이라면, 백리흠이 변절했다 해도 이상하지 않다."

특히 마교의 차기 교주 양성 과정인 사망곡에 들어갔다 온 상태라면 더욱더.

"백리흠의 가족들을 인질로 잡고 있지 않습니까?"

"대의멸친(大義滅親)이란 말은 너도 잘 알고 있을 텐데."

정적이 있었다.

"…… ."

장평과 미소공주 모두 생각에 잠겨 있었다.

본래 무림맹에서 백리흠을 첩자로 잠입시키려 할 때는 중원의 그 누구도 마교의 본질을 이해하지 못할 때였다.

요사한 사술이나 금단의 마공 등에 정통한 사이비 종교라고 생각했지, '과학적인 사고방식'을 신봉하고 중화보다 발달된 기술력을 가진 집단일 거라고는 예상조차 하지 못했다.

하지만 이제는 알게 되었다.

마교를 이해한, 그리고 처음으로 거부한 장평의 존재 덕분에.

"어떻게 생각하지?"

"목적과 수단으로 조직을 나누어 볼 때, 마교의 목적은 합리적입니다. 하지만 수단은 그렇지 않지요."

장평이 거부한 것은 그 때문이었다.

"문제는 첩보원들은 목적만 이루면 수단의 옳고 그름은 가리지 않는다는 점입니다."

"백리흠이 배신했을 거라고 생각하나?"

"조심할 필요는 있습니다."

장평은 차분히 말했다.

"그는, 마교에서 나왔으니까요."

백리흠이 마교에서 나왔다는 말은 많은 사실을 시사하고 있었다.

"그는 마교에 남아서 차기 교주로서의 수련을 받지 않았다는 뜻이군."

"마교가 막지 않았으니 나올 수 있었을 테고요."

그를 신뢰할 이유와 신뢰할 수 없는 이유가 뒤엉켜 있었다. 장평과 미소공주는 같은 생각을 했고, 같은 결론을 냈다.

"좋건 싫건 직접 만나 보는 수밖에 없군."

판단하기에는 정보가 부족하다는 결론을.

"그리고 아마도 마교도 우리가 이런 결론을 낼 것을 예상하고 있었겠지."

"예."

백리흠과의 접촉은 가능성과 위험성이 뒤섞여 있었다. 장평과 미소공주는 모든 가능성을 예상했고, 모든 위험성을 대비했다.

"제가 먼저 만나 보겠습니다."

결론은 다음과 같았다.

"북경 외부에서요."

술야처럼 무력한 일반인이라면 모를까, 절정고수인 백리흠을 무작정 북경 안으로 들일 수는 없었다. 마교도로 변절했을 가능성이 있는 상황에서는 더욱 위험했다.

"백리흠이 변절했다면, 네가 포착할 수 있을 거라고 보나?"

"현시점에서 마교에 대해 가장 잘 이해하는 인물은 저입니다. 그가 뭔가 빈틈을 보인다면, 그걸 잡아낼 수는 있을 겁니다."

"백리흠이 빈틈을 보일 거라고 생각하나?"

장평은 솔직히 말했다.

"어려울 겁니다."

마교도는 심리전의 전문가였고 첩보원은 속내를 숨기는 것의 전문가였다. 마교도이자 첩보원이 언행에서 빈틈을 보이는 것은 기대하기 힘든 일이었다.

상대가 회귀자이자 첩보원인 장평이라는 것을 감안하더라도.

"하지만 아무런 확인 절차 없이 미소공주님 앞에 세울 수는 없습니다. 절정고수인 그는 호위 무사들이 움직이기도 전에 미소공주님을 벨 수 있으니까요."

"나를 걱정해 주는 건가?"

"예."

미소공주의 긴 눈썹이 순간적으로 흔들렸다.

"……알겠다. 백리흠과의 접선 및 변절 여부에 대한 판단은 네게 일임하겠다."

미소공주는 차분히 말했다.

"탕마검성을 데리고 가라. 그 외에 네가 필요하다고 생각하는 자원들은 자의적으로 징발해도 좋다."

"예."

"최악의 경우, 너 자신만이라도 살아 돌아와야 한다. 백리흠이 변절했을 경우, 너는 우리가 지닌 유일한 마교 전문가니까."

장평은 미소를 지었다.

"뒷말을 듣지 못했다면, 절 걱정해 주시는 걸로 착각할 뻔했군요."

"너는 대체 불가능한 희귀한 자원이다. 제국에도, 무림맹에도, 그리고……."

미소공주는 자리에서 일어났다.

"……내게도."

그녀의 마지막 말에는 씁쓸한 메아리가 감돌고 있었다. 신뢰와 의심. 신뢰할 수 없다는 사실에 대한 배신감과 의심에 대한 자괴감 같은 복잡하고 미묘한 감정들이 짙은 산미(酸味)를 더하고 있었다.

장평은 쓴웃음을 지었다.

백리흠이 오고 있었다.

중원이란 바둑판 위로, 마교가 펼친 한 수가.

* * *

장평은 호송과로 향했다.

"여! 장평! 오래간만이야."

모용평과 장평은 서로 주먹을 탁 마주치며 간단한 인사를 나눴다. 장평은 악호천을 바라보았다.

"오래간만에 뵙습니다, 과장님."

"천하의 파사현성이 바쁜 거야 어쩔 수 없지 않겠나?"

짓궂은 표정으로 말한 호송과장 악호천은 편안한 미소를 지었다.

"그래, 무슨 일인가? 술친구를 구하러 오기엔 너무 이른 것 같은데?"

"기밀 임무를 맡았습니다. 하여 과장님과 모용평의 도움을 받으러 왔습니다."

"첩보 쪽 임무인가?"

"예. 윗선에서 징발권을 받았습니다."

"징발권까지 받다니 꽤나 중요한 일인가 보군."

악호천은 난처한 표정을 지었다.

"그런 판에 우리가 무슨 도움이 될지 모르겠군. 나나 모용평은 자네만큼 머리가 좋지는 못하지 않은가."

"하지만 신뢰할 수 있지요."

악호천과 모용평은 장평이 무척이나 신뢰하는 이들 중 하나였고, 신뢰할 수 있는 이는 능력의 고하를 떠나서 어떤 식으로든 써먹을 수 있었다.

마교와의 머리싸움이 될 가능성이 있는 상황이라면 더욱 필요한 인력이었다.

"알겠네."

악호천은 업무를 조정해 다른 호송과 무사들에게 자신과 모용평의 일을 맡겼다.

"이제부터 우린 자네 것이네."

"감사합니다, 과장님."

모용평은 장평을 바라보았다.

"야, 나 좋은 소식 있어."

"뭔데?"

"아버지나 다른 무림명숙들이랑 논의를 좀 했는데, 나한테 모용세가의 무공은 안 맞는 거 같대. 그래서 이제 대도(大刀)로 갈아탔어."

"잘됐군."

격세유전으로 태어난 선비족인 모용평의 거구는 섬세하고 우아한 모용세가의 무공에는 적합하지 않았다. 뒤늦게라도 자신에게 맞는 무공으로 갈아타기로 정한 모양이었다.

"어쩐지, 무위가 꽤 오른 것 같더군."

"지금은 나름 일류고수야."

모용평은 장평의 옆구리를 툭툭 치며 말했다.

"무림에 명성 높은 장평 대협에게 비하면 허접하지만 말이야."

"허접하다니? 누가 감히 모용평 대협을 허접하다고 말하는 거지?"

팔짱을 낀 장평은 농담조로 말했다.

"모용평 대협은 의심병자인 장 뭐시기가 신뢰하는 몇 안 되는 사람 중 하나라는 걸 잊지말라고."

"그거 영광이구먼."

피식 웃은 장평은 두 사람에게 목갑 하나씩을 내밀었
다.

"이게 뭔가?"

"영약입니다."

악양 사태 때 빚을 진 구파에서 제공한 영약 중 남은
것은 여섯 개. 그중 두 개였다.

"금창약이야 소지하고 계시겠지만, 만약의 사태에 대
비해서요."

"알겠네."

악호천은 분명히 선을 그었다.

"임무가 무사히 끝나면 반납하지."

"그러지 않으셔도 됩니다."

"아니. 난 이미 나 자신의 한계에 도착했네. 내공이 더
쌓여도 별 의미가 없어. 줄 거라면 차라리 모용평에게나
주게."

악호천은 모용평을 따스한 눈으로 바라보았다.

"저 녀석은 좀 더 강해질 수 있으니까."

"그건 나중에 논의해 보지요."

장평은 미소를 지었다.

"일단, 이번 일을 마무리 지은 다음에요."

터벅터벅.

백리흠은 걷고 있었다.

깊은 생각에 잠긴 그의 눈은 발밑이 아닌 먼 산을 바라보고 있었다. 아니, 먼 산 너머의 무언가를 바라보고 있었다.

하늘을, 동쪽의 하늘을 바라보고 있었다.

"……."

너무 많은 것을 보고 들었다.

사람의 인생을 바꾸기에 충분한 것을, 지나칠 정도로 적나라하게 마주했다.

그중 백리흠의 머릿속에 가장 깊이 새겨진 것은 한 장의 종이였다.

세계지도.

백리흠은 중화가 세상의 중심이며 나머지는 모두 변방의 오랑캐임을 믿어 의심치 않았지만, 세계지도는 진실을 말해 주고 있었다.

그들은 '동방인'이었다.

마교의 남쪽, 천축(天竺)은 제국만큼이나 거대했고, 서쪽에는 제국보다 몇 배나 거대한 땅이 펼쳐져 있었다.

'하늘은 세상의 가장자리이며, 중화는 세상의 변두리.'

중원인으로서 의심 없이 믿고 있던 모든 것이 뒤흔들리고 있었다.

터벅.

백리흠은 걸음을 옮겼다.

마교에 의해 '계몽'된 사내는.

* * *

백리흠이 오고 있었다.

장평은 지도를 펼쳐 놓고 생각에 잠겼다.

'최적의 위치는 하북.'

만약의 사태가 벌어진다면, 무림맹의 지원을 받아야 했다. 십만대산에서는 멀고 북경에서는 가까운 하북에서 보는 것이 최선이었다.

'그리고 하북에서 볼 거라면…… 하북팽가의 도움을 받는 편이 낫겠지.'

접선 장소로 정한 곳은 신악(新樂). 하북팽가가 있는 장소였다.

'그러고 보니, 팽위도가 있었지.'

악양칠협 중 한 사람, 하북팽가의 후계자 팽위도. 길지도, 깊지도 않은 교분이었지만, 함께 사지로 뛰어든 전우였다. 적어도 그쪽에서는 장평을 벗으로 여겨 주리라.

그와 동시에, 장평은 '장평'의 기억을 되짚어 보았다.

'전생에서 하북팽가가 사고 친 적은…….'

없었다. 적어도 '장평'의 기억 속에서는.

'가주인 청천벽력(晴天霹靂) 팽대추가 좀 별종이긴 했지.'

하북팽가의 성명절기는 오호단문도(五虎斷門刀). 그러나 팽대추는 특이하게도 대도보다는 장법인 혼원벽력장(混元霹靂掌)을 주력으로 삼는 무인이었다.

본래 혼원벽력장은 대도를 사용할 수 없을 때를 대비한 호신 무공 정도의 입지임을 감안하면 정말 독특한 경우였다.

그리고 그 혼원벽력장만으로 초절정고수의 경지에 달했다는 점이 팽대추를 더욱 돋보이게 했다.

'아직 시간 여유가 있으니, 주변 정리를 해 둬야겠지.'

장평은 첩보부를 동원해 하북팽가 주변을 조사하고 점검하도록 만들었다.

'무대도, 배우도 정해졌다.'

장평이 고른 동행은 악호천과 모용평, 그리고 탕마검성 호연결이었다.

미소공주와 호연결은 국지전에 대비해 각지에 항마부를 배치시켜 두었고, 첩보원 또한 대폭으로 증강시켰다.

'자, 와라.'

하북팽가를 중심으로, 난공불락의 요새가 지어지고 있었다. 나무와 돌이 아닌, 경계심과 판단력으로 지어진 요새가.

그리고 장평은 바둑판 한쪽에 앉았다.

백리흠을, 마교가 중화에 던지는 한 수를 받아 내기 위해서.

"하북팽가로 간다."

* * *

"핫핫핫핫!"

하북팽가의 가주 팽대추는 울퉁불퉁한 근육질의 거구였다. 구 척 장신임에도 불구하고 어깨가 너무 넓은 탓에 키가 크다는 느낌이 들지 않을 정도였다.

고대철이나 흑암대마 같은 인외(人外)의 거인(巨人)들을 제외하면, 무림에서 가장 크고 강대한 근골과 외공을 가진 거한이었다.

심지어 피부조차도 마찬가지였다.

붉게 그슬린 팽팽한 피부는 가죽이라 불러도 될 정도로 두꺼웠다. 평범한 바늘이나 침 따위는 꽂히지도 못하고 부러질 정도였다.

"호 형! 오래간만이오!"

팽대추는 그 우악스러운 몸으로 호연결을 부서지도록 끌어안았다.

호연결은 드물게 불편한 기색을 내비치며 말했다.

"……이거 좀 놓고 말합시다."

"하하하하! 와 줘서 반갑구려!"

"좀 놓으라고……."

반쯤 체념한 호연결을 놓아둔 채, 익숙한 사내가 장평을 맞이했다.

"장 형."

"팽 형."

악양칠협의 한 사람. 팽위도였다.

호연결과 팽대추보다는 점잖은 분위기 속에서 장평은 다른 일행을 소개했다.

"이쪽은 무림맹 호송과의 악호천 과장님, 그리고 저쪽은……."

"모용평."

이미 알고 있는 눈치였기에, 장평은 짤막하게 덧붙였다.

"내 가장 절친한 벗이오."

"그렇다면 본가의 귀빈이구려. 호연결 선배님과 장 형이 귀빈이듯이."

그가 모용세가의 낙오자인 모용평을 어떻게 생각하는지는 잘 모르겠지만, 무례함은 일절 보이지 않았다. 명가의 소가주로서 빈틈없는 처신이었다.

장평은 덧붙이듯 말했다.

"내가 친구라 부르는 사람은 그리 많지 않소. 팽 형도 모용평과 친구처럼 지냈으면 좋겠소."

"천하의 파사현성이 가장 친한 벗이라고 부를 만한 사람이라니, 모용 형에게 나도 친구 삼아 달라고 뇌물이라도 바쳐야겠구려!"

팽위도는 껄껄 웃으며 말했다.

"자, 듭시다. 술상을 준비해 두었소."

장평은 호연결과 팽대추를 힐끗 바라보았다. 팽대추는 솥뚜껑 같은 손으로 호연결의 등을 팡팡 두드리고 있었고, 그때마다 호연결은 통증에 얼굴을 찡그리고 있었다.

"저쪽은?"

"아버님이 진정하시려면 일다경은 걸릴 거요. 버려두고 갑시다."

팽위도는 세 사람을 집 안으로 안내했다.

……호연결과 팽대추를 놓아둔 채로.

연회장은 화려했고 주안상은 정성스럽고 풍성했다. 호연결 혹은 장평을 얼마나 중히 여기는지 엿보일 정도였다.

"자, 먼 길 오셨으니 목부터 축이시구려."

팽위도가 술병을 들었다.

"팽 형. 나는 일하러 왔으니 일 얘기를 먼저 하고 싶소."

장평이 술잔을 드는 대신 말했다.

"이 근방의 상황은 어떻소? 첩보망은 가동 중인 상태요? 영내에 잠입한 마교도가 있소?"

"첩보부와 공동으로 조사를 해 보았으나, 수상한 바는 없었소."

"흠……."

장평은 생각에 잠겼다.

'마교는 무슨 생각을 하고 있는 걸까?'

백리흠이 오고 있다.

마교는 먼저 한 수를 두었다. 단순하지만 많은 변수를 숨겨 두고 있는 수를.

좋건 싫건 장평이 할 수 있는 것은 백리흠을 만날 때까지 기다리는 것뿐이었다.

그 이후 여러 날.

장평은 여러 번 주변을 수색했지만, 수상한 기미는 전혀 보이지 않았다.

생각해 보면, 이곳은 하북팽가의 영역이기 이전에 북경의 지척. 마교는 커녕 하오문도 발붙이지 못하는 곳이었다.

'모르겠구나…….'

장평이 답답함을 느낄 무렵이었다.

백리흠이 하북팽가의 문을 두드린 것은.

"백리흠 대협이 오셨습니다."

긴장한 사람들 가운데, 백리흠은 천천히 걸음을 옮겼다. 깔끔함과 멋을 중시하던 평소와는 다른, 긴 여정으로 낡고 해진 옷을 입은 상태였다.

그리고 무엇보다도…….

'눈빛이 흐리다.'

장평은 깨달았다.

그의 세계관이 무엇이었건, 적잖은 충격을 입었다는 것을.

백리흠은 이미 '계몽'당했다는 것을.

* * *

백리흠의 걸음이 멈췄다.

"……흠."

하북팽가의 모든 이들이 나와 있었다.

주변을 돌아본 백리흠은 쓴웃음을 지었다.

"이게 과례인지, 비례인지 모르겠구려."

그는 냉소하며 말했다.

"그래. 일단 여기로 오라고 하여 왔는데, 누가 부른 거요? 집주인인 하북팽가주? 아니면 무림맹 서열이 제일 높은 항마부장? 그것도 아니면……."

백리흠은 장평을 바라보며 말했다.

"……직책과 지위를 넘어선 무림맹의 흑막?"

"접니다, 백리 대협."

"물론 자네겠지."

백리흠은 빈정대며 말했다.

"그게 아니라면 오히려 놀랐을 거야."

"허심탄회하게 이야기를 나누어 봅시다."

"그래. 그러지."

백리흠은 고개를 끄덕였다.

"아무래도 내겐 선택권이 없는 것 같으니까."

                    *   *   *

장평과 백리흠은 빈 전각에 마련된 책상으로 향했다. 차와 술이 마련되어 있으나, 둘 다 목을 축이는 것에는 별 관심이 없었다.

"저번에 만났을 때를 기억하나?"

"기억합니다."

천당각. 장평이 술야를 만나기 위해 기다리고 있을 때 백리흠과 마주쳤던 적이 있었다.

그때, 백리흠은 장평에게 충고했었다.

장평의 실적과는 별개로, 경력이 부정확하다는 점을 의심받을 수도 있다고.

백리흠은 씁쓸한 표정으로 말했다.

"이제는 서로의 입장이 정반대가 된 모양이지만."

그리고 지금, 장평은 의심받는 백리흠의 심문관 역할로서 나와 있었다. 중원 최고의 마교 전문가로서, 백리흠의 변절 여부를 점검하고 및 생사를 정할 수 있는 권한을 가진 채로.

"안타까운 일입니다."

"그래. 그렇겠지."

백리흠은 쓴웃음을 지었다.

"나 또한 그날의 자네를 안타깝게 여겼듯이 말이야."

장평은 두 잔의 차를 따랐다.

목이 말라서가 아닌, 심문 시작을 알리는 행동이었다.

"십만대산을 다녀오셨다고요?"

"그래."

"마교를 보셨습니까?"

"보았지."

"그들은 과학자들과 과학을 숭배하는 이들로 이뤄져 있는 종교 집단이네. 서방과 남방에는 전설 속의 비경(祕境)인 샴발라라는 이름으로 널리 회자되고 있지."

"마교가 중화 밖에서도 활동하고 있다고요?"

"마교의 주된 영역은 서방과 남방이네. 중원에서 활동하는 마교도가 중원인일 뿐, 십만대산 내부에서 중원인은 희귀한 편이라네."

"흥미로운 얘기로군요."

잠시 생각하던 장평은 말했다.

"마교의 가르침을 받으셨습니까?"

"그래. 과학적인 사고방식을 깨우쳤지."

"하지만 돌아오셨군요."

"그래."

"선임자였던 현염은 외도대마로서 돌아왔던 선례가 있음은 알고 계십니까?"

"아네."

"그렇다면 묻겠습니다."

장평은 차분한 목소리로 말했다.

"제가, 아니. 중화가 백리 대협을 신뢰해도 되는 이유가 무엇입니까?"

"나는 스스로 돌아왔네. 여기로. 그리고 자네의 앞으로 내 발로 직접 출두했네."

백리흠은 차분히 말했다.

"내 아내와 내 딸의 곁으로 가기 위해서."

"가족이란 소중한 법이지요."

장평은 차분히 말했다.

"하지만 가족에 대한 사랑은 설득력이 부족하군요. 마교가 차기 교주감인 백리 대협에게 줄 수 있는 것들을 감안하면 더욱 그렇고요."

"그 반대일세. 어떻게 힘과 지식 따위를 위해 가족을
버릴 수 있단 말인가?"

"지금까지 마교와 접촉했던 모든 사람들이 백리 대협
과 반대되는 결정을 내렸으니까요."

"그렇다면, 내가 첫 번째가 되면 되겠군."

장평은 잠시 백리흠을 바라보았다.

숙련된 첩보원인 그는 사람의 눈빛을 읽을 수 있었으
나, 백리흠의 눈빛은 읽을 수 없었다.

그 또한 숙련된 첩보원이었기 때문에.

'정말 백리흠을 믿어도 되는 것인가?'

장평은 자문했다.

그러나 답은 나오지 않았다.

그렇기에 장평은 말했다.

"심문을 계속하겠습니다."

* * *

조사 혹은 심문은 순조롭게 이어졌다.

백리흠은 협조적인 태도로 마교에서 보고 들은 것을 말
해 주었다.

"마교는 사방의 사람들이 모이는 곳이네."

중원은 사실 '세계'의 중심이 아니라는 것을, 그들은 거대한 대륙의 극동에 해당하며, 천산(天山) 너머에는 중화 사람들은 존재조차도 모르는 대륙이 얼마나 드넓게 펼쳐져 있는지를 가르쳐 주었다.

"그 말은, 사방의 지식이 모이는 곳이라는 말이기도 하지. 색목인과 유색인, 천축인들을 비롯한 모든 이들이."

그중에서도 장평이 가장 인상 깊게 들은 것은 '다른 땅의 사람들'에 대한 얘기였다.

"마교가 온누리의 지식들과 문물들을 받아들인다면."

장평은 호기심이 생겨 물었다.

"그들이 생각하기로 천하에서 가장 현명한 이들은 어떤 이들입니까?"

백리흠은 말했다.

"고대에는 희랍(希臘)의 철학자들을 높이 쳐 주었으나, 현대에 이르러서는 화학과 의학, 법학과 신학 모두 파사(波斯)를 따를 곳이 없다고 하더군. 마교의 '과학자'들 중 삼 할 정도는 파사 사람들이네. 당대의 천마인 일물자조차도 파사 출신일 정도지."

크고 묵직한 주제는 이미 다 소화한 상태.

백리흠과 장평은 소소한 잡담을 나누었다. 서로의 말실수와 문맥상의 오류를 끌어내기 위한 대화를.

"그럼 마교 입장에서 중화와 교류하지 않는 것은 별 가치 없는 문화이기 때문입니까?"

"그건 아닐세. 오히려 역병을 대하듯이 두렵게 여기지."

"마교가, 그 선진적인 과학자들이 중화를 두려워한다고요?"

"그래."

백리흠은 차분히 말했다.

"언제 어떻게 왔건 상관없이 중원에 들어온 모든 민족과 문명들은 결국 중화에 뒤섞이고 말았으니까."

"그도 그렇군요."

장평은 고개를 끄덕였다.

한때 침략자로서 중원을 침략한 선비족은 지금은 제국의 신민이요, 그들의 왕족이던 모용세가도 일개 무림세가로 남지 않았던가?

"그들은 중화를 혼돈(混沌)으로 부르며 두려워한다네. 자신들이 이해할 수 있는 수준까지 변질시키고, 그것들을 흡수하고 소화하는 문화의 용광로라면서."

"외부의 문화를 공존 가능한 형태로 변질시키는 중화의 흡수력은, 끊임없는 질문 속에서 진보하는 과학적인 사고방식의 천적이라는 거군요."

"앙주의 필립은 그리 말하더군. 학자가 아닌 나로서는 무슨 소린지 모르겠지만."

백리흠은 피곤한 표정으로 말했다.

"그건 그렇고, 언제까지 붙들어 둘 셈인가?"

백리흠의 말에, 장평은 창밖을 바라보았다. 저녁 식사 시간도 지나, 이미 달이 뜬 지 오래였다.

"실례했습니다. 이야기가 너무 흥미로워 여독도 덜 풀리신 분을 너무 붙들고 있었군요."

"둘 중 하나라도 즐거웠다니 다행이군."

냉소한 백리흠은 말했다.

"내 생사가 자네 손에 달려 있다는 것은 잘 알고 있네. 하지만 잠을 재우지 않는 고문을 하려는 것이 아니라면, 이만 쉬게 해 줬으면 좋겠군."

"백리 대협이 고문이 통할 정도로 어수룩한 상대였으면 일단 대못과 인두부터 들고 왔을 겁니다."

"그럴 필요 없네. 나는 고문보다는 인질극에 약하니까."

두 사람은 농담조로 말했으나, 그 말이 농담이 아님은 둘 다 잘 알고 있었다.

장평은 웃으며 말했다.

"귀빈실을 비워 두었습니다. 쉬시지요."

"그래. 수고했네."

"내일 뵙겠습니다."

백리흠이 떠나는 모습을 보며, 장평은 창가 너머의 달을 바라보며 생각에 잠겼다.

'백리흠은 배신자가 아닐 가능성이 높다.'

말의 내용도 이치에 맞았고, 마교에 이롭지 않은 정보다 적잖이 들어 있었다.

그리고 무엇보다도…….

'백리흠은 천마를 천마라고 부른다.'

좀 전에 백리흠은 말했었다.

〈예상하고 있었네. 나도, 천마도.〉

그때, 장평이 눈을 가늘게 떴던 것은 '천마'라는 칭호 때문이었다.

지금껏 장평이 만나 본 모든 마교도는, 천마라는 칭호를 쓰지 않았다. 그저 교주님이라고만 칭했을 뿐.

사소하다면 사소한 차이지만, 장평의 마음은 반 넘어 신뢰 쪽으로 기울고 있었다.

'물론 마교 쪽에서 칭호 문제까지 예측했을 수도 있지만.'

그것은 시간을 들여 확인해 볼 문제였다. 장평은 일단 다른 방향으로 생각해 보기로 했다.

'백리흠이 배신자가 아니라면, 마교는 백리흠을 왜 순순히 보내 주었을까?'

마교의 중핵인 '과학적인 사고방식'을 전염시키는 원리는 이미 장평이 파악하고 있었다.

백리흠을 직접 만나 보고를 들어야 하는 사람들. 장평

이나 미소공주는 이미 계몽이 된 상황.

이제 와서 백리흠이 일말의 지식이나 정보를 전한다고 진영을 바꿀 가능성은 없었다.

'백리흠 자체가 도구가 아니라면?'

장평은 생각의 방향을 바꾸어 보았다.

'만약 백리흠이 배신자는 아니지만, 그를 이용한 계획이 있는 거라면?'

그 순간, 장평은 흠칫 놀랐다.

'당연한 일'들이 너무 많기에, 예상이 너무 쉬웠기 때문이었다.

천마와 직접 대면한 백리흠은 그 속내를 파악하기 전까지는 위험인물로 분류하는 것이 '당연한 일'이었다.

그리고 '당연히' 위험인물을 황궁이 있는 북경 안으로 들여놓을 수는 없었다.

그렇다면 백리흠은 당연히 외부에서 심문해야 했으며 그를 심문하려면 '당연히' 심문관도 북경 밖으로 나와야 했다.

그리고…….

'백리흠의 심문이 가능할 정도로 마교에 능통한 사람은…… 중화 전체를 통틀어 단 하나.'

장평이었다.

심문을 받아야 하는 백리흠이 멈추는 곳에는 '당연하

게도' 심문이 가능한 마교의 전문가, 장평이 있을 수밖에 없었다.

'당했다.'

장평은 등줄기가 차가워지는 것을 느꼈다.

'마교는 지금 내가 여기 있다는 것을 알고 있다. 백리흠이 있는 이곳에!'

함정이었다. 특정한 장소가 아닌, 미끼인 백리흠과 검사해야만 하는 장평을 노리는 함정!

파앙!

경쾌한 파공음이 하늘 위에서 들려왔다.

장평이 바라보던 달빛 한가운데, 신비한 미모의 미녀가 밤하늘을 날아오고 있었다. 머리카락에 들였던 검은 염색이 타오르며, 아름다운 금발이 달빛을 휘저었다.

"안녕! 장평! 오랜만이에요!"

북궁산도. 마교 최강의 대마인 흉수대마는 어린애처럼 순진무구한 미소를 지으며 말했다.

"나 보고 싶었어요?"

* * *

최악의 순간에 나타난 최강의 적.

허를 찔린 장평은 이를 악물었다.

"치잇……!"

달을 등진 흉수대마는 춤추듯 우아하게 몸을 돌렸다.

파앙!

그녀의 발이 허공을 걷어찼다 싶은 순간, 그녀의 몸이 솔개처럼 맹렬히 강습했다.

쿠릉!

속도는 낙뢰. 기세는 천둥. 상상을 불허하는 파괴력이 실린 발차기였다.

'막는 것은 불가능하다.'

어떠한 방해도 받지 않은, 전력을 기울인 큰 초식. 하물며 저 일격을 펼치는 사람은 마교 최강의 대마, 흉수대마 북궁산도였다.

'피해야 한다!'

하지만 쉬운 일은 아니었다. 흉수대마 특유의 유형의 살기가 혹한의 냉기처럼 그의 신체 기능을 저하시키고 있는 상황이었다.

"치잇!"

장평이 할 수 있는 것은 피격되기 직전에 몸을 날린 것뿐이었다.

치직!

발차기가 아닌 풍압, 그중에서도 일부가 스쳤을 뿐이었다. 그녀가 펼친 일격의 여력이 장평에게 스친 순간, 장평의 옷 앞섶이 잘려 나가며 가슴팍에 길고 예리한 상흔을 남겼다.

쿵!

흉수대마의 일격은 전각의 지붕을 뚫고, 대지에 꽂혔다.

콰앙!

망치를 맞은 모루처럼, 하북팽가 전체가 진동했다. 그 폭심지인 전각은 안쪽에서부터 터져 나가며 그 파편이 사방으로 튀었다.

"큭!"

장평은 본능적으로 파편들을 피하거나 쳐 내려 했다. 그러나 그것도 잠시. 장평은 이를 악물었다.

'파편들에 대응해서는 안 된다!'

퍽! 퍽! 퍼퍽!

장평은 용린공조차 펼치지 않은 채 파편들을 두들겨 맞았다.

반드시 피해야 하는 흉악한 짐승이 아직 흙먼지 안에서 도사리고 있기 때문이었다.

'……흉수대마를 피하기 위해서는!'

그 순간, 폭심지에서 '쿵' 하는 굉음이 들리더니, 흙먼지와 파편들을 뚫고 흉수대마의 몸이 쇄도했다.

'……온다!'

집중력을 최대한 발휘한 탓에, 시간이 느려진 것처럼 느껴졌다.

모든 것이 멈춘 듯한 그 순간.

압박감과 두려움에 위축된 장평의 눈과, 좋아하는 사람과의 재회를 반가워하는 흉수대마의 즐거운 눈빛이 마주쳤다.

"보고 싶었어요, 장평!"

그녀의 몸과 손은 말과 눈빛과는 달리 패도적인 기세와 살기가 가득 담겨 있었다.

흉수대마의 궤적을 확인한 장평은 재빨리 경공술을 펼쳤다.

'피했다.'

장평이 안도의 한숨을 내쉬는 그 순간, 흉수대마는 두 발을 땅에서 떼어 허공에 몸을 맡겼다.

파앙!

그녀가 발로 허공을 걷어차자, 궤도를 바꾼 흉수대마의 몸이 장평 쪽으로 날아왔다.

"……?!"

틱!

"잡았다!"

장평이 감히 대응할 수 없는 움직임. 옷소매가 흉수대마의 손가락 끝에 걸렸다.

"치잇……!"

장평은 내력을 쏟아 옷소매를 터트렸다.

펑!

흉수대마의 손가락이 튕겨 났다. 그러나 그녀는 아무렇지도 않게 다시 손을 뻗어 왔다.

'어떻게 하지?'

흉수대마 특유의 혹한동살기(酷寒氣)가 그의 움직임을 늦추고 있었다. 장평은 사력을 다해 경공술을 펼치며, 필사적으로 두뇌를 굴렸다.

'어떻게 해야 하지?'

피할 수 없었다. 그녀가 더 빨랐다.

받아칠 수 없었다. 그녀가 더 강했다.

심지어 장평의 비장의 패인 태허합기공조차도 무의미했다.

흉수대마는 장평과는 비교가 안 되는 금나수의 달인. 내공을 봉인했을 때조차도 장평을 어린애 다루듯 제압했었다.

'없다.'

장평은 포기를 몰랐다. 그는 결코 포기하지 않고 계속 궁리했다.

하지만…….

'흉수대마에게서 벗어날 방법이…… 없어!'

장평은 빨랐다. 상황 판단이 빠르고, 동인하초 덕분에 반사 신경도 빨랐다. 근골 또한 속도와 유연함을 살리는 쪽으로 환골탈태했다.

속도라는 면에 있어서, 장평은 동급의 그 누구도 쫓아 올 수 없었다. 어지간한 초절정고수들과도 비견될 정도였다.

그저 흉수대마가 더 빨랐을 뿐이었다.

생각을 아예 하지 않고, 육식동물 같은 살육 본능으로 움직이는 것이 흉수대마. 거기에, 그녀의 혹한동살기는 냉기처럼 주변 사람들의 움직임을 늦추기까지 했다.

"생각하고 있군요? 지금 이 순간에도 포기하지 않았군요?"

'북궁산도'는 그런 장평을 바라보았다. 사랑스럽다는 눈으로.

"난 똑똑한 남자가 좋아요. 똑똑한 남자가 생각하는 모습은 정말 사랑스러워요."

그러나 따뜻한 눈빛과 상냥한 목소리와는 달리, 흉수대마의 몸놀림은 맹렬했고 손속은 매섭기 짝이 없었다.

"평생 잊지 않을게요, 장평. 당신은 정말 사랑스러웠다는 걸."

피차 초고속으로 움직이는 와중에도, 흉수대마의 손은 점점 장평을 향해 다가오고 있었다.

섬섬옥수의 형태를 한, 확고부동한 죽음이.

"큭……!"

그와 동시에, 사력을 다한 경공술 탓에 장평의 내력이 고갈되고 있었다.

잡혀도, 지쳐도 죽는다.

그렇다면 장평이 할 수 있는 것은 단 하나.

'도망친다.'

장평은 한쪽 발을 땅에 꽂은 채 선회했다. 그의 몸이 흉수대마를 마주한다 싶은 순간, 장평이 장전한 일권이 흉수대마가 뻗어 오는 손아귀를 후려쳤다.

장평이 가진 가장 강력한 일격.

파쇄권이었다.

펑!

그러나 흉수대마의 손아귀와 파쇄권이 격돌한 순간, 장평의 몸은 공처럼 날아가 바닥을 데굴데굴 굴렀다.

"쿨럭……."

장평은 피를 토하면서도 안도의 한숨을 내쉬었다.

'어떻게든 거리를 벌렸다.'

장평의 계획대로였다. 흉수대마의 돌진력을 빌려서 거리를 벌린 것이었다.

엄청난 내상과 내장을 비롯한 각종 신체 기관이 파열되는 것을 감수하면서.

하지만 흉수대마는 고개를 갸웃거렸다.

"음? 지금 뭐 한 거예요?"

장평에게는 필사의 일격이었지만, 흉수대마에게는 가벼운 일합일 뿐이었다.

"당신처럼 똑똑한 사람이 대체 왜……?"

튕겨 나 일합을 버텨 냈다 해도, 다시 몸을 날리면 그만이었다. 이제는 움직일 수조차 없는 장평을 향해서.

"사실은 바보였던 거예요?"

혼란스러워하는 흉수대마를 보며, 장평은 피비린내 나는 미소를 지었다.

"함정을 파고 있소."

"지금 이 상황에서 무슨 함정을 판다는……."

의아해하던 흉수대마는 하던 말을 끊고 침묵했다.

전음이 날아온 모양이었다.

그녀는 장평이 아닌, 옆을 바라보며 항변하듯 말했다.

"아니, 그치만……."

잠시 뒤, 체념한 표정의 그녀는 말했다.

"……당신 말은 더 듣지 말고 바로 죽이래요. 그러다 또 속아 넘어간다고."

"그러지 않는 편이 좋을 거요."

"당신의 유언을 듣고 싶었어요. 추억으로 간직하게요. 하지만…… 명령은 명령이니까요."

흉수대마는 내키지 않는 표정으로 몸을 날렸다.

"잘 가요, 장평. 그동안 즐거웠어요."

"내 경고를 잊었구려."

그 순간, 장평은 씨익 웃으며 말했다.

"함정을 파고 있다는 말을……."

피잉!

쇄도하던 흉수대마는 본능적으로 그 자리에 멈춰 섰다. 그와 동시에, 그녀는 허공에 손을 뻗어 날아드는 무언가를 움켜쥐었다.

파지지직!

"아야야야……."

그녀의 손바닥을 갈기갈기 찢는 것은 호연결의 이기어검이었다.

"전음은 당신만 들을 수 있는게 아니라오."

장평의 비릿한 미소와 동시에, 벽 너머에서부터 두 줄기 질풍이 쇄도했다.

팽대추와 호연결이었다.

〈지금 같은 고기동 교전 중에는 엄호할 방법이 없다.〉

호연결의 무리한 요청을…….

〈어떻게든 멈춰 세워라. 최대한 간격을 벌려라.〉

장평은 실행에 옮겼다.

마교 최강의 대마와 일합을 겨루는 것을 감수하면서까

지 두 사람에게 전술적 이점을, 기습할 수 있는 기회를 만들어 준 것이었다.

흥수대마의 일격에 날아가는 것으로!

"아하."

흥수대마는 장평을 향해 달려들다가 내력을 써서 급정지했고, 두 초절정고수는 처음부터 전력 질주하는 상황.

완벽한 빈틈이었다.

한 방은 먹을 수밖에 없는 빈틈.

흥수대마는 장평을 보며 대견하다는 듯한 미소를 지었다.

"그럼 그렇지."

둘 중 더 빠른 것은 팽대추였다.

"으랴랴랴!"

팽대추가 흥수대마와 격돌하려는 순간, 장평은 반사적으로 외쳤다.

"위로!"

흥수대마의 특기는 대량 학살.

그녀의 독문무공인 혹한동살기는 일정범위 안에 모든 생명체를 압박하고 둔화시켰다.

무공의 고수라 해도 움직임이 둔해지며, 무공을 모르거나 쇠약한 사람이라면 생명을 잃을 수도 있는 기운이었다.

"민간인들에게서 떨어트려야 합니다!"

흉수대마가 이미 하북팽가 안으로 쇄도한 이상, 약자들이 도망치기엔 늦었다.

살기의 발원지인 흉수대마를 사람들에게서 떨어트려야 했다.

"알았다!"

팽대추는 장평의 지시대로 아래에서 위로 쳐올리며 혼원벽력장을 펼쳤다.

쿵!

흉수대마는 호신공을 펼쳐 타격을 방어했지만, 충격 자체는 해소시킬 수 없었다. 무지막지한 충격에 떠밀린 그녀의 몸이 허공으로 솟구쳐 올라갔다.

"흠?"

파앙!

그러나 흉수대마는 대수롭지 않은 표정으로 허공에 발차기를 날려 관성을 해소시켰다.

"자, 그럼……."

허공을 딛은 그녀가 다시 지상으로 쇄도하려는 순간, 호연결이 팽대추의 곁으로 달려왔다.

"팽 가주!"

"으음!"

팽대추가 가볍게 뛰어오른 순간, 호연결은 팽대추의 발을 허공으로 차올렸다. 팽대추는 호연결의 각력(脚力)에 자신의 경공술을 더했다.

퍼엉!

두 초절정고수의 힘이 실린 인간 포탄이 날아올랐다.

아직 체공 중인 흉수대마를 향해서!

"감히 내 집에서 내 사람들을 학살하려 하다니!"

쿵!

팽대추와 흉수대마가 격돌한 순간, 격노한 팽대추는 흉수대마의 멱살을 움켜쥔 채 연거푸 권격을 날렸다.

"용서 못 한다! 이 저주받을 노괴야!"

"뭐? 노괴?! 나 아직 백 살도 안 먹었거든?!"

발끈한 흉수대마는 팽대추와 난타전을 벌였다. 무위 자체는 흉수대마가 명백히 한 수 위였지만, 그녀의 한 손과 내공의 상당량은 여전히 이기어검을 붙들고 있는 상황.

"으랴랴랴랴랴!"

"하아아아압!"

퍽! 퍼퍽! 퍼퍼퍼퍽!

팽대추와 흉수대마의 난타전은 동등했다.

……최소한 지금 당장은.

호연결은 나직이 말했다.

"장평. 지시해라."

"약자들을 최대한 대피시켜야 합니다."

"어디까지 약자인가?"

"초일류…… 아니, 절정고수 미만은 모두 내보내야 합니다."

"알았다."

호연결은 내공을 담아 외쳤다.

"절정고수 미만은 전원 대피하라! 움직일 수 없는 자는 주변 사람들이 데리고 도주하라! 최소한 백 장 밖까지 도망쳐라!"

호연결은 다음 지시를 내리라는 눈빛으로 장평을 힐끗 바라보았다.

장평은 차분히 말했다.

"누군가가 흉수대마에게 전음으로 지령을 내리고 있습니다. 혼돈대마가 현 상황을 지켜보고 있을 겁니다. 심력과 여력을 남겨 두십시오."

"알았다."

그는 무표정한 얼굴로 물었다.

"네 몸은?"

"못 움직입니다."

외상도 외상이지만, 내상이 심각했다. 안 그래도 생사의 기로인데, 흉수대마의 혹한동살기가 신체 기능을 마비시켜 가고 있었다.

"아무래도 저는 여기서 죽을 것 같군요."

"운기조식을 도울 수 있다."

"부장님이 한눈을 파실 상황이 아닙니다."

장평과 호연결 모두 차분히 말했지만, 그 의미는 서로 잘 알고 있었다.

장평은 죽는다. 지금 이 자리에서.

그러나 호연결이 장평을 살리기 위해서 이기어검을 풀면, 엄호를 받지 못한 팽대추는 순식간에 공중전에서 대패하리라.

그렇게 흉수대마가 지상에 내려앉으면, 호연결은 물론 아직 대피하지 못한 모든 이들이 몰살당하리라.

그렇다면 장평 하나를 포기하는 것이 합리적인 판단이었다.

"지시해라."

"변수가 생길 때까지 현 상황을 유지하시되, 혼돈대마의 존재를 잊지 마시길."

"알았다."

호연결은 담담히 말했다.

"최선을 다해 현 상황을…… 유지하겠다."

무감정한 말투 속 일말의 주저함이, 죽어 가는 장평에게 줄 수 있는 최선이었다.

'춥다.'

흉수대마의 살기가, 냉기를 닮은 유형의 살기가 장평의 장기들로 스며들고 있었다.

'나쁘지 않은 삶이었다.'

왠지 모르게 '장평'이 어깨를 다독이는 듯한 기분이 들었다. 장평은 쓴웃음을 지으며 달을 등진 채 펼쳐지는 공중전을 바라보았다.

'대마도 셋이나 잡았고, 중원의 마교도들도 일소했지 않은가.'

미소공주가 남아 있었다. 용태계가 남아 있었다. 척착호가 성장하고 있었다.

제국은, 그리고 중원은 그들이 수호하리라.

'백면야차는 죽을 것이다.'

설령 장평이 없어진다 하더라도 마교의 뜻대로 되지는 않으리라.

그것이 장평을 편안하게 만들어 주었다.

'백면야차.'

다만 한 가지 미련이 남아 있다면, 백면야차뿐. 끝내 그가 누구인지 알아내지 못했다는 사실이 그의 평온함을 어지럽히고 있었다.

'만약 내가 또 다시 살아갈 수 있다면, 처음부터 마교 내부로 들어가야겠군.'

장평은 눈을 감았다.

'백면야차는…… 죽어야 하니까.'

＊　＊　＊

그 순간이었다.

"……려! ……펑!"

철썩!

"……신차려! 장평!"

머리가 흔들렸다. 뭔가 아득히 먼 곳에서부터 뭔가가
울리는 듯한 진동이었다.

그와 동시에, 장평은 자신의 입안에 쓰고 강렬한 향을
내는 무언가가 거칠게 처박히는 것을 느꼈다. 입안의 무
언가가 타액과 체온에 녹아내렸고, 목구멍을 타고 위장
으로 주르륵 흘러내렸다.

"흐읍……."

청량감이 목구멍과 가슴 속으로 흘러드는 순간, 그 길
을 따라 멈췄던 호흡이 돌아왔다. 공기가 몸 안으로 들어
오는 그 순간, 장평은 생기를 잃어 가던 육신이 맹렬한
기세로 활력을 되찾는 것을 느꼈다.

"……신 차리라고!"

철썩!

뺨이 화끈거렸다. 입안이 씁쓸했다.

'백면야차.'

삶과 죽음의 경계를 벗어난 순간, 장평의 머릿속에 절

대 불변의 목적이 되새겨졌다.

'백면야차는 죽어야 한다.'

그리고 장평은 정신을 차렸다.

"……모용평."

모용평이었다. 울상이 된 그가 장평의 멱살을 붙들고 따귀를 올려붙이고 있었다. 장평은 희미한 미소를 지으며 말했다.

"그만 때려…… 아파…….."

흠칫 놀란 모용평이 장평의 눈을 바라보았다. 그는 장평의 눈동자가 활기를 되찾은 것을 보고 외쳤다.

"과장님! 정신 차렸어요!"

"그래."

긴장한 눈으로 전황을 살피는 악호천을 보며, 장평은 쓴웃음을 지었다.

"도망치란 말 못 들으셨습니까?"

"도망칠 거다. 못 움직이는 널 데리고."

악호천은 장평의 손목과 목덜미를 짚어 보았다.

"맥이 제대로 뛰고 있다. 건강은 몰라도 생존에는 문제가 없을 거다."

"좋았어!"

모용평은 장평을 들쳐 업으려 했다.

"자, 빠져나가자!"

그 순간, 장평은 차분히 말했다.

"아니. 여기 있어야 해."

"무슨 소리야? 너 지금 죽다 살아났어!"

"현시점에서, 내게 제일 안전한 곳은 바로 이곳, 하북 팽가다."

하늘 위에서는 아직도 맹렬한 난타전이 벌어지고 있었다. 퍽퍽 소리가 소나기가 지붕 두드리듯 끊임없이 들려오고 있었다.

"흉수대마는 지금 누군가의 지시대로 움직이고 있다. 최소 한 명. 혹은 그 이상의 초절정고수가 대기 중이고, 그것은 혼돈대마일 가능성이 높다."

장평은 차분한 목소리로 말했다.

"우리 셋이서 이 자리를 빠져나가면 비웃음과 함께 우리 모두를 도륙할 것이다."

악호천은 차분히 말했다.

"그렇게 따지면, 우리 셋이 움직여서 혼돈대마를 전장에서 이탈시키는 편이 낫지 않나? 우리 셋보다 혼돈대마가 더 강대한 전력이니까."

"그렇게 되면 제가 죽습니다."

장평의 말에는 두려움이나 불안감이 섞여 있지 않았다. 그는 냉정하게 목숨값을 계산하고 있었다.

"마교 입장에서 혼돈대마는 대체할 수 있습니다. 흉수

대마도요. 하지만 무림맹 입장에서 저는 대체할 수 없습니다. 제 목숨이야말로 현 상황에서 가장 중요한 자원입니다."

장평을 등진 채 이기어검술에 정신을 집중하던 호연결도 나지막이 말했다.

"정론이다. 하북팽가나 나는 대체할 수 있어도 장평은 대체할 수 없다."

"그럼……."

"싸워야지."

장평은 생각했다. 자신들이 가진 패와 적들이 가진 패를.

최선책은 빠르게 나왔다.

'좋건 싫건 태허합기공밖에 없다.'

태허합기공을 펼친다 해도, 장평은 흉수대마를 이길 수는 없었다. 하지만 흉수대마의 내공을 봉하기만 한다면, 다른 사람들이 대신 흉수대마를 죽여 줄 수 있었다.

'어떻게든 내가 싸움에 참전해야 한다.'

장평은 마음을 굳혔다.

'살아서 붙잡기만 하면 된다. 붙잡기만 하면 태허합기공을 걸 수 있다.'

장평은 빠르게 내공을 일주천해 보았다.

그러나 아직 내상의 타격이 남아 있었다.

"영약은?"

"내가 갖고 있던 건 방금 네가 먹었고……."

모용평이 옆을 돌아보자, 악호천이 목갑을 내밀었다.

"하나 남았다."

"운기조식을 해야 합니다."

"알았다."

악호천은 차분히 말했다.

"호법을 서겠다. 선 채로 죽는 한이 있어도 시간을 벌어 줄 테니, 몸을 돌봐라."

"……예."

장평은 영약을 삼키고 눈을 지그시 감았다.

그때였다.

쉬익!

상승의 경공술 특유의 소리. 인영이 바람을 잘라내는 날카로운 파공음이 들린다 싶더니, 암흑의 사각지대 속에서 두 줄기 기운이 뻗어 나왔다.

펑! 펑!

폭음과 함께 두 줄기의 권풍(拳風)이 날아들었다.

하나는 호연결을, 다른 하나는 장평을 노리는 공격이었다.

"흠!"

호연결은 일권을 내질러 권풍을 튕겨 냈다.

"장평!"

문제는 장평이었다.

"이익!"

모용평은 급한 대로 백호대도를 휘둘렀다.

텅!

모용평의 거구가 나뭇잎처럼 튕기며 벽에 처박혔다. 그러나 그 틈을 타 몸을 날린 악호천이 창끝으로 권풍 중심을 찌르고 손아귀 안에서 창을 회전시켰다.

파앙!

간신히 권풍은 와해되었으나, 악호천의 창은 파르르 떨리고 있었다.

뚝. 뚝.

창대를 타고 흐른 피가 땅에 뚝뚝 떨어졌다. 터진 손아귀에서 흐르는 피였다.

'범상치 않은 위력이다⋯⋯!'

권풍은 당연히 실제의 권격보다 약하기 마련이었다. 보이지도 않는 거리에서 이 정도의 위력을 낼 수 있는 자는 많지 않았다.

악호천은 버럭 소리 질렀다.

"왠 놈이냐!"

권풍이 날아온 방향에서 한 사람이 다가오고 있었다. 평범한, 너무 평범해서 오히려 어색해 보이는 중년인이.

호연결은 냉정한 목소리로 읊조렸다.

"혼돈대마."

"……!"

악호천이 당황하는 가운데, 혼돈대마는 예리한 눈으로 주변을 돌아보았다.

이기어검을 펼치는 중인 호연결과 운기조식 중인 장평. 전력이 반감된 마교의 숙적과 완전히 무방비 상태인 마교 최대의 적을.

"일거양득이라."

혼돈대마는 냉혹한 미소를 지었다.

"……내가 제일 좋아하는 상황이로군."

찰나의 정적이 있었다. 팽팽한 긴장감 속에서 계산과 판단이 교차하는 정적이.

그러나 그것도 잠시.

"온다."

호연결이 나직이 말한 순간.

"하하하하!"

혼돈대마는 장평을 중심으로 호를 그리며 몸을 날렸다. 그와 동시에, 연거푸 권풍과 장풍(掌風), 그리고 지풍(指風)을 쏘아 냈다.

"치잇!"

피잉! 퍼엉!

수많은 각도에서 날아오는 권풍과 장풍, 그리고 지풍들. 하나하나가 절정고수의 절초에 필적하는, 그야말로 초절정고수의 연타였다.

그러나 정말 까다로운 것은, 그 모든 공격들이 서로 연계되어 있다는 점이었다.

두두두두두두!

서로 다른 탄속과 방향으로, 탄막(彈幕)을 이루고 있었다.

책사이기도 한 혼돈대마 특유의 잘 설계된 탄막이었다.

"……음."

호연결은 미간을 찌푸렸다.

그는 몸을 날리며 권각을 펼쳐 권풍과 장풍, 그리고 지풍들을 쳐 냈으나, 애초부터 탄막은 호연결 혼자만으로는 도저히 막아 낼 수 없도록 설계된 것이었다.

'두 발을 놓쳤다!'

권풍 하나와 지풍 하나가 호연결의 수비를 뚫고 날아오고 있었다.

악호천은 이를 악물고 창을 고쳐 쥐었다.

'내가 쳐 낼 수 있는 것은…… 하나.'

악호천은 지풍을 향해 창을 내질렀다.

궤도를 정확히 맞혔음에도 불구하고, 빠직 하는 소리와 함께 창대가 분질러졌다. 그러나 미미하나마 지풍의 궤도가 바뀌었다.

아슬아슬하게 장평을 스치는 궤도였다.

'다른 하나는…….'

악호천은 이를 악물었다.

'……맞는다!'

그가 몸을 날리자, 묵직한 권풍이 그의 몸을 강타했다.

"크윽!"

일단 호신공을 펼치며 두 팔을 교차해 방어하기는 했
다. 그럼에도 불구하고 두 팔이 부러질 듯 아파 왔다.

그러나 문제는 그게 아니었다.

'여력이……!'

아직 여력이 남은 권풍은 악호천의 몸을 실은 채로 장
평에게 날아가고 있었다.

아직 운기조식 중인 장평에게로!

'나 때문에 죽는 건가? 내가 약해서 장평이 죽는 건가?'

악호천이 절망하는 그 순간.

"과장님!"

쿵!

어느새 쇄도한 모용평이 옆에서부터 악호천을 들이받
았다.

"……!"

악호천은 사량발천근의 기예를 펼쳤다. 그의 전력에 모

용평의 충격까지 더해, 전력으로 권풍의 궤도를 틀었다.

펑!

두 사람이 나가떨어지는 것과 동시에, 장평을 향하던 권풍의 궤도가 틀어졌다. 머나먼 허공으로 날아가는 장풍을 보며, 악호천과 모용평은 미소를 교환했다.

"잘했다, 모용평. ……갈비뼈는 부러졌지만."

"이 싸움 끝나면 양갈비나 뜯으러 가죠!"

"그거 나쁘지 않군……."

그러나 아직 싸움은 끝난 것이 아니었다.

혼돈대마는 거리를 유지한 채 일방적으로 권풍과 장풍, 지풍을 난사했다.

'교활한 놈!'

악호천은 이를 악물었다.

이기어검에 공력을 보내고 있는 호연결은 혼돈대마에게 붙는다 해도 제압할 수 없었다.

그가 할 수 있는 최선은 현 위치를 유지하며 탄막들을 최대한 걷어 내어 장평을 보호하는 것뿐이었다.

"크……."

호연결은 최대한 막거나 맞아서 탄막의 대부분을 쳐 냈지만, 어쩌다 뚫고 들어오는 한두 발만으로도 악호천과 모용평은 중상을 입으며 사력을 다해 수비해야 했다.

일방적이고도 압도적인 공세였다.

"운기조식은?"

이미 적잖이 타격을 입은 호연결이 입가에 피를 흘리며 묻자, 모용평은 장평의 안색을 살피고는 외쳤다.

"곧 끝납니다!"

"알았다."

두두두두두!

세 번째의, 그리고 마지막 탄막이 날아오고 있었다. 호연결은 부상을 감수하며 권각을 펼치고 몸으로 받아 냈다.

걷어 내지 못한 것은 한 발의 장풍뿐.

"이것만 막자!"

"예!"

악호천과 모용평은 힘을 합쳐 장풍을 향해 몸을 날렸다.

그때였다.

"이상하지도 않던가?"

혼돈대마는 냉소하며 물었다.

"뻔히 눈에 보이는 수를 계속 펼치는 것이?"

그 순간, 호연결은 무언가를 발견했다.

혼돈대마의 오른발. 그 아래의 판석이 산산조각 났다는 것을.

"⋯⋯땅바닥!"

땅 밑을 타고 한 줄기 충격이 내달리고 있었다. 호연결이 쫓기에는 늦었고, 마지막 장풍을 받아 낸 악호천과 모용평은 이미 나가떨어지는 도중이었다.

혼돈대마는 앙천대소했다.

"격산타우의 정수, 지뢰진(地雷振)을 소개하마. 동방의 미개인들아!"

땅 밑으로 쏘아 낸 충격파가 점점 지면으로 올라오고 있었다.

두두두두두!

이내 금이 간 판석들이 솟구쳐 오르는 모습이 보였다.

"일어나! 장평! 일어나!"

모용평은 절규했다.

그러나 그의 눈에도 보였다.

대지를 내달리는 그 충격파가 아직 운기조식을 마치지 못한 장평에게 쇄도하는 것을.

"안 돼!"

쿠웅!

묵직한 폭음이 하북팽가를 뒤흔들었다.

모용평의 비통한 절규를 뚫고.

* * *

텅!

"쿨럭……."

추락한 팽대추가 피를 울컥 토해 냈다. 그의 얼굴은 피 멍과 붓기로 엉망이 되어 있었다.

그보다 조금 늦게, 멀쩡한 얼굴의 흉수대마가 새처럼 가볍게 착지했다.

그녀는 새초롬한 눈으로 팽대추를 바라보았다.

"……노괴라는 말 취소해."

팽대추와는 달리 멀쩡한 얼굴의 그녀는 뾰로통한 표정 으로 말했다.

"싫다. 이 빌어먹을 할망구야……."

"할망구?! 야! 너 진짜 죽을래?!"

"어차피…… 죽일 거였잖나……."

"어……?"

잠시 생각하던 흉수대마는 고개를 끄덕였다.

"하긴. 백리흠 빼고는 다 죽이라고 했으니까 죽여야 하 긴 하지."

"무얼 망설이느냐? 죽여라!"

궁지에 몰려 만신창이가 되었을지언정, 팽대추는 일파 의 종주다운 당당함을 잃지 않았다.

"응, 좀 있다가."

흉수대마는 별 관심을 주지 않았지만.

그녀는 대수롭지 않은 표정으로 주먹을 쥐었다.

치직! 치지지직!

이기어검이 저항이라도 하듯 맹렬히 요동쳤지만, 흉수대마는 진흙이라도 쥐듯이 간단히 으깼다.

툭! 툭!

이기어검이 풀린 명검의 잔해가 토막 나 떨어졌다.

"아, 이제야 손이 좀 시원하네."

손을 탁탁 턴 흉수대마는 고개를 돌려 다른 전장을 바라보았다.

"그건 그렇고, 혼돈 쟤는 뭐 하는 거람?"

그녀는 고개를 갸웃거리며 말했다.

"장평이 왜 아직도 살아 있는 거지?"

* * *

장평 앞에는 한 사내가 서 있었다.

"지뢰진 또한 결국은 충격파."

땅바닥을 향해 일권을 꽂아 넣은 사내, 백리흠이.

"원리를 안다면, 요격도 가능한 법이지."

혼돈대마는 이를 악물었다.

"백리흠……!"

백리흠은 천천히 검을 뽑아 들었다.

그 순간, 운기조식을 마친 장평이 눈을 떴다. 그는 기괴할 정도로 평범한 사내를 보며 바로 상황을 파악했다.

"창의력이 없는 얼굴이군. 혼돈대마."

"······장평!"

뿌득 소리가 나게 이를 악문 혼돈대마는 두 주먹을 움켜쥐었다. 그러나 그가 탄막을 펼치기도 전에 하나의 인영이 쇄도했다.

호연결이었다.

"내 차례다."

이기어검이 파괴되었으니 이제 전력을 다해 싸울 수 있게 된 것이다.

"치잇!"

혼돈대마는 빠르게 움직이며 호연결을 뚫고 장평을 공격하려 했다. 그러나 무표정한 얼굴의 호연결도 내심 울분이 치밀어 올랐는지 집요하게 혼돈대마를 추적하며 권각을 퍼부었다.

어쩌다가 간간이 한두 발의 공격이 호연결을 뚫고 날아들었지만, 혼돈대마는 한 가지 사실을 잊고 있었다.

이젠 장평이 움직일 수 있다는 것을.

피잉!

날아오는 지풍을 고개만 까딱하여 피하며, 장평은 나직이 물었다.

"상황은?"

백리흠은 차분히 말했다.

"흉수대마, 건재. 혼돈대마, 교전 중."

"다른 이들보다 일찍 복귀하셨군요."

"나는 대피시킬 사람이 없었으니까."

장평은 빠르게 상황을 파악했다.

흉수대마의 유형의 살기 때문에, 하북팽가의 고수들은 지금 비전투원들을 데리고 대피시키는 상황이었다.

그들이 복귀한다면, 전황이 바뀔 터였다.

그리고 그들은 복귀하고 있었다.

"변수가 없다면 시간만 끌어도 되겠군요."

"그래."

장평과 백리흠은 어깨를 나란히 한 채 짧고 투박한 대화를 나누었다.

"적의 예비 전력은?"

"없네. 적어도 대마급 전력은."

"확실합니까?"

"확실하네. 현시점에서 중원에서 활동할 수 있는 대마는 저 둘뿐이네."

"예비 전력이 없다면 전력을 비축해 둘 필요는 없겠군요."

턱.

장평은 멈춰 섰다.

"제가 혼돈대마를 맡겠습니다. 남은 모든 전력으로 흉수대마를 저지해 주십시오."

"확신이 있나?"

"예. 흉수대마가 문제일 뿐."

장평은 혼돈대마를 향해 몸을 날렸다.

"혼돈대마 정도는 저 혼자서도 충분합니다."

그 순간, 혼돈대마는 장평을 바라보며 발끈했다.

"네놈이 감히?"

퍼억!

혼돈대마가 한눈을 판 순간, 호연결의 강맹한 권격이 그의 턱을 후려쳤다.

"……큭!"

혼돈대마가 부러진 이빨을 뱉는 사이, 호연결은 장평을 바라보았다.

"'남은 모든 전력'에는 나도 포함된 건가?"

"예. 흉수대마를 막아 주십시오."

"알겠다."

퍼억!

아무리 봐도 화풀이로 보이는 일격이 혼돈대마에게 꽂혔다. 그가 휘청거린 순간, 장평이 호연결을 대신해 혼돈대마의 앞에 섰다.

"혼돈대마."

"……장평."

두 사람은 서로를 바라보았다.

저 너머에는 격렬한 전투가 벌어지고 있었다.

호연결과 팽대추를 필두로, 하나둘씩 복귀하기 시작한 하북팽가의 고수들이 일제히 힘을 합쳐 흉수대마와 차륜전을 벌이고 있었다.

그러나 두 사람에게 등 너머의, 그리고 어깨 너머의 전황은 그리 중요하지 않았다.

혼돈대마는 장평을 죽이기 위해 작전을 짰고, 지금 장평은 그의 눈앞에 있었다.

"……만용의 대가는 비쌀 것이다."

"혼돈대마. 너는 상식적인 사람이다."

혼돈대마는 그 말의 의미를 잘 이해하고 있었다. 수가 뻔히 보인다는 조롱이라는 것을.

"마교라는 조직이 네 손에 예상 밖의 패를 건네줄 뿐. 손에 쥔 패를 사용하는 법은 너무도 정직하구나."

마교의 저력을 빌려 호가호위(狐假虎威)하는 범부에 불과하다는 말임을.

"그래. 흉수대마라는 으뜸 패가 없었다면 어쩔 생각이었나?"

"……흉수대마를 손에 쥐고 있으니 흉수대마를 활용하는 계획을 짰을 뿐이다."

혼돈대마는 장평을 노려보았다.

"어쨌건 너는 지금 내 앞에 있다. 설마 지금의 이 상황이 네가 예상했던 일이라고는 말하지 않겠지?"

"인정하마. 예상하지 못했다. 마교가 무슨 생각인지 알 수 없기에, 네 계획대로 여기에 유인당했다."

장평은 비웃었다.

"하지만 이미 죽었어야 할 난 아직 살아 있지. 그게 무슨 의미인지 아나?"

"운이 좋았다는 뜻이지."

"아니."

장평은 혼돈대마를 향해 몸을 날렸다.

"네 계획은 이미 어긋났다는 뜻이다."

혼돈대마는 비웃음과 함께 장평을 향해 몸을 날렸다.

"유언치고는 식상하구나!"

그 순간, 장평의 어깨가 움찔한다 싶더니 한 줄기 섬광이 뻗어 나왔다.

암운일섬광이었다.

'발검술을 익히고 있었나?!'

예상하지 못한 순간에 날아드는 예상 밖의 일격. 빈틈을 찔린 혼돈대마는 내공을 기울여 몸을 비틀었다.

"치잇!"

그러나 긴급하게 회피하는 순간에도 혼돈대마의 눈은

장평을 놓치지 않았다.

파앙!

그의 어깨가 움찔한다 싶은 순간, 묵직한 타격력을 실은 권풍이 사선으로 뻗어 나갔다. 장평의 머리를 박살 내기에 충분한 일격이었다.

명중했다면 말이지만.

"상식적이구나."

장평은 고개만 까딱해 피하면서 혼돈대마에게 다시 한 번 검격을 날렸다.

"흥!"

궤도는 뻔했다. 혼돈대마는 재빨리 몸을 날려 피했다.

그러나 그 순간, 아직 검신은 아득히 먼 위치에 있었다.

"……어?"

우문검의 '느림'을 섣불리 대응한 오판. 암운일섬광의 신속함이 뇌리에 남아 있기에 더욱더 치명적인 실수였다.

"속단하는 버릇도 여전하고."

그 순간, 장평은 내공을 기울여 검로를 변경했다. 이미 움직여 버린 혼돈대마를 향한 추격이었다.

서걱!

목 줄기에 얕지만 긴 상흔이 새겨졌다.

"……!"

혼돈대마의 몸에 난 상처는 소소했으나, 자부심에 난 상처는 치명상이었다.

'내가 속았다고?'

책사를 자처하는 이에게 속는 것보다 고통스러운 것이 또 있겠는가?

'내가, 또 속았다고?!'

혼돈대마는 격노했다. 그러나 격노할 때일수록 침착해지는 것이 책사로서의 재능.

'자존심을 꺾자.'

그의 격노는 차갑게 이글거렸다.

'어차피 이 굴욕은 오직 놈을 주살하는 것으로만 설욕할 수 있으니, 이왕 금이 간 자존심 따위. 완전히 내다 버리자.'

혼돈대마는 숙고했다.

장평은 빨랐다. 생각도, 반사 신경도, 몸놀림도.

'근접전에서는 놈의 속도를 당해 낼 수 없다.'

혼돈대마는 장평과의 접근전을 포기하기로 했다. 공력의 우위를 활용해 일방적인 원거리 탄막을 펼친다면 손속의 기민함 따위가 무슨 소용이겠는가?

'놈의 공격이 닿지 않을 위치까지 거리를 벌린다!'

혼돈대마는 전력을 다해 경공술을 펼쳤다. 장평과 거리

를 벌리기 위해서였다.

"흠."

혼돈대마의 저의를 눈치챈 장평도 경공술을 펼쳤으나, 무위 자체의 격차는 어쩔 수 없었다.

'됐다.'

다섯 걸음.

이미 다섯 걸음의 차이가 났다. 무슨 수를 써도 좁힐 수 없을 간격이.

혼돈대마는 비릿한 미소를 지었다.

"환영한다, 장평! 내 간격에 들어온 것을!"

그와 동시에, 혼돈대마는 빠르게 몸을 날리며 탄막을 펼쳤다.

단단하고 파괴력이 강한 권풍과 널찍하여 피하기 어려운 장풍. 속도와 관통력이 높은 지풍. 거기에 은밀하게 깔리는 지뢰진.

혼돈대마의 특기인 고기동 탄막이었다.

"음."

장평은 잠시 멈춰 전개되는 탄막을 살폈다.

"……흥."

그러나 그것도 잠시.

장평은 탄막을 향해 정면으로 몸을 날렸다.

"어리석구나!"

하지만 혼돈대마가 지은 회심의 미소는 그리 길지 않았다.

"……?!"

맞지 않았다.

장평은 탄막을 회피하고 있었다.

그러나 혼돈대마의 얼굴이 굳어진 것은 장평이 탄막을 회피하고 있기 때문이 아니었다.

탄막을 회피하는 장평이 점점 가까워지고 있기 때문이었다.

'이게 어떻게 된 거지?'

장평은 비웃었다.

"어리석구나, 혼돈대마."

혼돈대마의 얼굴에 스친 낭패감을 읽었기 때문이었다.

"이미 생각의 속도에서 뒤처지는데, 어째서 보고 피할 시간까지 주는 것이냐?"

단순하다면 단순한 결과였다.

혼돈대마가 생각하고 계산하여 장풍을 쏘는 속도보다, 장평이 보고 피하는 것이 빠르기 때문이었다.

그리고 장평은 혼돈대마의 탄막에 점점 더 익숙해지고 있었다.

탄막의 촘촘함과는 별개로, 탄막을 펼치는 혼돈대마의 생각을 읽을 수 있었기 때문에.

'파훼하고 있다고?'

혼돈대마는 이를 악물었다.

'나를, 내 사고방식을 전투 중인 이 자리에서 파훼하고 있다고?!'

인정할 수 없었다. 인정하기 싫었다.

하지만 장평과의 간격은 점점 좁혀지고 있었다. 이젠 검이 닿을 간격이었다.

'그렇다면 내 쪽에서 먼저……!'

혼돈대마는 돌발적으로 쇄도했다.

탄막들과 합세한 공세. 피할 길은 없고, 막을 수는 없는 공격이었다.

'이것까지 예측하지는 못했을 것이다!'

그 순간, 장평은 검신을 들어 올렸다.

수평으로 세운 검날로 혼돈대마의 눈 부위를 찌르려는 모양이었다.

'나는 네 공격을 피할 수 있을 것이고!'

그리고 장평은…….

검을 놓았다.

"……어?"

혼돈대마의 시선이 본능적으로 검을 좇았다.

맥없이 떨어지는 검을 보며, 혼돈대마는 깨달았다.

궁지에 몰린 자신이 뭔가를, 결코 잊지 말아야 할 무언가를 잠시 잊었다는 것을.

'맞다.'

혼돈대마는 떠올렸다.

발등을 짓누르는 묵직한 무게감과 함께, 장평이 가지고 있는 가장 위협적인 수법을 뒤늦게 떠올렸다.

'이 자식, 내공을 없애는 사술을 가지고 있었지…….'

쾅!

"환영한다, 흡수대마."

그 순간, 장평의 야만적인 주먹이 혼돈대마의 얼굴에 처박혔다.

"내 간격에 들어온 것을."

(회생무사 8권에서 계속)